轨道与林中泉

吾狄高加题

吾买尔江·斯地克 著

北方文艺出版社

·哈尔滨·

图书在版编目（CIP）数据

轨道与林中泉/吾买尔江·斯地克著.——哈尔滨：

北方文艺出版社，2025.7.——ISBN 978-7-5317-6554-7

Ⅰ.I217.2

中国国家版本馆CIP数据核字第20257DU167号

轨道与林中泉
GUIDAO YU LINZHONGQUAN
作　者 / 吾买尔江·斯地克
责任编辑 / 张贺然　　　　　　　　　封面设计 / 阿卜杜艾尼·阿巴斯

出版发行 / 北方文艺出版社　　　　　邮　编 / 150008
发行电话 /（0451）86825533　　　　经　销 / 新华书店
地　址 / 哈尔滨市南岗区宣庆小区1号楼　网　址 / www.bfwy.com

印　刷 / 长沙市精宏印务有限公司　　开　本 / 889mm×1194mm 1/32
字　数 / 120千　　　　　　　　　　印　张 / 8
版　次 / 2025年7月第1版　　　　　印　次 / 2025年7月第1次印刷

书　号 / ISBN 978-7-5317-6554-7　　定　价 / 69.00元

赤子之心的诗意表达

——探析当代诗人吾买尔江·斯地克诗集
《轨道与林中泉》的家国情怀

◎ 支　禄

"走遍天下都是诗兄弟。"诗人白航的这句诗，恰似一把钥匙，开启了我记忆深处与吾买尔江·斯地克交往的时光之门。

那些过往的点点滴滴，如电影般在脑海中徐徐放映。从"炎炎赤地"的火焰山，到令人陶醉的岳麓山；从"山水甲天下"的桂林的旖旎风光，到边陲之城乌鲁木齐的独特风情，无论是一同工作还是外出培训学习，他那古道热肠、豪爽重义的性情，清晰而深刻，令人难以忘怀。

尤为令人赞叹不已的是，吾买尔江·斯地克的创作激情时常被灵感的火花点燃，那一串串宛如吐鲁番葡萄般精美闪亮的诗句，便从他的笔端汩汩流出。他文思泉涌，有时兴奋得不能自已，非得朗诵不可。顿时，见他手舞足蹈，声音抑扬顿挫、激情四射。瞬间，一位边疆诗人那辽阔的胸襟、浪漫的情怀与真挚的情感，在眼前展现得淋漓尽致。

庄子云："人生天地之间，若白驹过隙，忽然而已。"

如今，吾买尔江·斯地克任吐鲁番市文联主席之职，亦是新疆知名作家与诗人。正如奥地利诗人莱纳·玛利亚·里尔克所说："并无胜利可言，挺住才是一切。"从二十世纪八十年代开启文学之旅，在繁忙的公务之余，他始终怀揣着一颗永远年轻的诗心，执着地守望着文学的璀璨星空，也收获了累累硕果。新近，在湖南省作家协会的援助下，北方文艺出版社又将推出他的诗集《轨道与林中泉》，这便是有力的证明。

置于案头，早翻晚看，通读一遍。《轨道与林中泉》这部诗集，大多数诗篇可圈可点，散发出迷人的文学光芒。它不仅淋漓尽致地展现了诗人情感的细腻、温婉、深邃与辽远，其别具一格的诗情、诗思、诗境与诗魂，更为我们精心绘制出一幅幅动人心魄、饱含家国情怀的画卷。

沿着时光的长河溯流而上，家国情怀流淌在我国一代又一代知识分子的血液中，成为中华民族优秀传统文化的基本内涵之一。孔子"修身齐家治国平天下"的人文理想；司马迁"常思奋不顾身，而殉国家之急"的责任担当；范仲淹"先天下之忧而忧，后天下之乐而乐"的博大胸怀；陆游"家祭无忘告乃翁"的忠诚执着……皆是个人与时代的交融。

正如诗人艾青说的："为什么我的眼里常含泪水，因为我对这片土地爱得深沉。"纵观吾买尔江·斯地克的创作历程，我们无不为他深深扎根于吐鲁番这片古老而神奇的热土的执着而感动。在通往诗艺的道路上，他不断探索现代诗歌的多元表达方式，在语言、意象、情感和主题等多个维度，都展现出别具一格的艺术魅力。

在吾买尔江·斯地克的诗歌中，对祖国的热爱赞美之情如滔滔江水，连绵不绝。在《歌唱祖国，需要伟大的诗行》一诗中，他豪情满怀地写道：

"祖国"是一个伟大词语，
承载着神圣崇高的绵绵情意。
当要在诗中用来称呼祖国，
一切轻浮的辞藻都会黯然失色。

诗人将"祖国"这一抽象概念，具象化为"伟大词语承载的情意"，让宏大的主题拥有了细腻的情感依托。在《每个人心里对祖国》中，他深情地吟唱：

每个人心里对祖国，
充满热爱和感恩。

接下来，诗人借助"火焰山的炽热""葡萄晶莹剔透""坎儿井的潺潺"等意象群，构建起家国情怀的立体表达体系。在《永恒的春天》一诗中，他这样写道：

　　早春三月阳光灿，
　　万物复苏大地暖。
　　鸟儿纵情唱民歌，
　　老歌新唱满花园。

　　......

　　伟大祖国大花园，
　　四季繁华四季艳。
　　我心澎湃唱欢歌，
　　落笔心声谱新篇。

　　他描绘了春天的勃勃生机与无限活力，以此歌颂国家的发展与繁荣，体现出强烈的时代精神。

　　吾买尔江·斯地克生于吐鲁番，长于吐鲁番，大学毕业后又毅然决然地回到这片热土，投身于热火朝天的建设之中。"吐鲁番"这三个字，于诗人而言，不仅是他的成长之地，更是他情感的托付之所，是时时刻刻充满温暖与回忆的地方。在他的诗歌中，吐鲁番占据着不可或缺的地位。流光溢彩的葡萄沟，绵延起伏的火焰山，千年不息的坎儿井，世界上最大、最古老且保存完好的生土建筑城市——交河故城，被誉为"长安远在西域的翻版"的高昌故城，以及天空中翱翔的雄鹰、头顶转瞬即逝的朵朵白云，还有足下叮叮咚咚、一路走来一路欢歌的流水，花香如云的座座园圃，以及一棵树、一粒沙、一棵小草……都饱含着他对家乡无限的热爱与眷恋。

美丽的吐鲁番，葡萄之乡，

火与绿交织，瓜果飘香。

……

古老的吐鲁番焕发出新活力，

火洲拥有太阳的热情和力量。

——《吐鲁番颂歌》

在《交河故城》一诗中，他写道：

交河故城宛若孤岛，

稳固屹立在河谷边。

生土建筑见证千年沧桑，
把时间凝固在人间。

既描绘了交河故城的沧桑历史，又赞美了家
乡深厚的文化底蕴，抒发了对家乡历史文化的自
豪之情。

丝路古镇吐鲁番，既是一座甜蜜的城市，也
是一座美食之城，诗人在对馕的细腻描绘之中，
由衷地赞美家乡令人魂牵梦绕的美食。《故乡赞
歌》系列中：

胜金，
是波涛澎湃的大湖。
……

胜金，
水之乡，
爱之乡，
生机勃勃的绿洲。
……

加依霍加木村，

随着雄鸡的鸣唱，

我的哭声刺破宁静。

一字一句，饱蘸激情，一行一段，专注描摹。
在神奇美丽的胜金，"加依霍加木村"跃然而出，
作为诗人人生的出发点，从此，怀抱梦想，他走
遍天山南北，穿越大半个中国，深刻诠释了"家
是最小国，国是千万家"的深刻内涵。

吐鲁番坎儿井、万里长城与京杭大运河并称
为中国古代三大工程，是人与自然和谐相处的典
范，更是中华民族宝贵的物质和精神财富。

一片偏僻的树林深处，

有一泓未名的泉水。

泉眼清澈如少女的眼睛，

水边野草郁苍翠。

——《林中泉》

"林中泉"作为自然景观的描绘，无疑也是对

家乡自然美景的另一种诗意表达。吾买尔江·斯地克观察敏锐，将生活细节，化为诗歌生动意象与富有感染力的语言。在阅读诗人这些诗作时，我们仿佛触摸到了家乡变化的脉搏，这种点滴式、个人化的表达方式，往往极易引发读者的共鸣。

在诗歌创作中，吾买尔江·斯地克善于运用象征手法来寄托对家国的深情厚谊。例如，"火焰山"象征着家乡人民的热情与坚韧；"坎儿井"则象征着智慧与勤劳；"葡萄成熟"隐喻着国家的繁荣发展；"林中泉"象征着家乡的纯净与美好。他通过这些象征元素，一唱三叹，抒写他对家国的热爱与赞美。众多具有代表性的意象反复出现，相互交织、相互映衬，在为读者带来审美享受的同时，也传递了积极向上的价值导向。比如，交河故城、葡萄沟、苏公塔等名胜古迹，葡萄、红柳、白雪等自然景观，母亲、新娘、丽人等人物形象，这些不仅丰富了诗歌的内涵，也深化了主题表达，正是其诗歌打动人心的核心所在。

"文章本天成，妙手偶得之。"吾买尔江·斯地克的诗歌意象丰富，佳句频出，令人回味无穷。如，"伸手不见五指的黑夜里，走出来一颗燃烧的心。""眼睛燃烧起来。""漂亮服饰藏有月亮，点亮寂静的黑暗夜色。""石花引燃你的名字。""当两颗心燃烧起来，江水是否会瞬间沸腾。""或许是太阳掉进火里，或许是炉火升到天空，阳光一般神奇的温暖，人人皆知的吐鲁番馕。""好似坎儿井里的泉水般，我恋人的眼，加了蜂蜜才揉成的/那甜言蜜语。"这些饱含深厚情感内涵的诗句，读来总让人眼前一亮，拨动心灵深处的弦。另外，在《我女儿画的画》等作品中，通过"没有手，没有腿，用胡子而走"等先锋性意象，还有部分诗歌（如《燃烧的诗心》）兼具散文与诗的双重特征以及抒情诗的凝练性，拓展了诗歌的表现边界。

一步一个脚印，脚印上长满鲜花，
一步步成就了非凡的人生。
而我学习和探索的步伐从未停止，
美丽世界，让我的梦已成真。

——《美丽世界》

吾买尔江·斯地克的诗歌具有纯正的抒情品

质，于严谨中求创新，世俗与神圣交织，满含对生活的赞歌。在辽阔的塔克拉玛干大漠以北，他高举诗歌的火炬，沿着时代的轨道，正稳步迈向梦想中的"林中泉"，我们期待他创作出更多精品力作，为诗国花圃增添一抹绚丽的亮色。

有道是，有诗歌这柄灵钥，诗人的心域四季如春，繁花似锦；诗人的情思畅行无阻，阔步向前！

（支禄，中国作家协会会员、新疆诗词学会理事、吐鲁番市诗词协会主席。已在《诗刊》《飞天》《星星》《湖南文学》《鸭绿江》《延河》等国内外百余种刊物发表诗歌、散文等千余首（篇）并多次获奖。出版《点灯点灯》《风拍大西北》《九朵云》等。）

我的班长同学

◎ 师　师

　　在鲁迅文学院（以下简称：鲁院），我结识了吾买尔江，一个身材高大魁梧的男人。

　　我生活在昆明，与吾买尔江工作的新疆吐鲁番市，从大的地区范围来看，同属祖国西部。但从地理距离计算，四千多公里的间隔，其中有着难以细数的山水。不可思议，我们因为对文学共同的热爱，在中年，在人间最美的四月天，机缘巧合地成为鲁迅文学院少数民族文学创作培训班的同学。从此，鲁院的民族作家培养名册里，烙下了"鲁民二十三班"的班牌。在这个自媒体爆炸的时代，文字能够成为人与人相识的介质，确实算得上好幸运。

小时候，外婆常给我讲故事，讲人情悲欢，讲人与人的命运。在老人家眼里，凡事都是天注定的，就如同她心中的正反两面，不是好就是坏，没有任何中间地带。从小接受过私塾教化的她曾说，有缘千里自相识。她的眼里，世间事全是缘，就像某天吃饭会吃到茄子，某时走路会崴脚，一切都是天意，生命中根本不可能错过。在当下，几乎所有受过系统教育的人，都有一个共同的认知：同学情谊是特别深厚的情谊。如此算来，这也属于外婆言语中缘分的一种。人的生活圈子，除去至爱至亲，大概再也找不出比同学更融洽的关系了。北方话里有个形容人与人相处密切的词，叫"磁实"，这个词可以极为形象地表述同学之交：亲切、热络。

我们就这样，分别从不同省市来到北京八里庄南里十号院，成为同学并相识。

开班上课第一天，进行常态化的自我介绍。四十九个人，十三个民族，名字有长有短。我之前看过班级名单，名字最短的两个字，最长的达十一个字之多。当时仔细数过字数后，说不心怯是假的，特别担心记不住同学的名字。但我天生没有瞬间记忆的能力，听过一遍大家的各自简介，转眼即忘，大脑的褶皱不会为任何人名留下点滴痕迹。最后，班主任宣布班委名单和分组成员时，我才猛然一惊，得知那个站起来向大家示意的高个子男人已受命担任我们的班长，并且和我分在同一个小组，而我被点名，由班长直接领导，做他的组长。面对这样一个貌似严厉、不苟言笑的人，我突然不知道以后该如何与他相处。初识后，我悄悄吐了下舌头，给自己画出大大的晕圈图标，再找来分组表，认真记下他的全名：吾买尔江·斯地克。

似乎是要重建我对他的初识印象，吾买尔江迅速向我展示了他的风趣。

为便于交流，分完组后，我立即拉了小组微信群，挨个添加全组成员。走到他跟前，表明需要用手机扫一下，他瞪大眼睛，用带着很浓新疆味的普通话认真地说："怎么能女生扫男生呢？应该男生主动扫女生，我扫你！"我在片刻呆滞后反应过来，这个大男人并不是那么寡淡哦。

开学第二天下午，小组自行讨论时间，他又给了我另一种感觉。

工作多年，我早已褪去刚入职场的青涩。我的领导和同事都给过一致的评价，那就是：在任何场合，我总能礼貌有加地待人接物，且对所处环境能应对自如。这也是许多时候，单位需要我参与各种重大活动的原因。然而，这次小小的讨论会一开始，我差点儿没能掌控场面。学院安排的小组讨论，没有任何议题要求，我原想按老规矩，就老师上过的课程展开讨论，谁知我才开了个头，吾买尔江就开口说："大家来自全国各地，彼此都不熟悉，是不是再次详细地介绍下自己？主要介绍各自的文学创作情况。组长，你看好不好？"他儒雅地决定着，完全主导了小组会议的方向，然后又极为聪明地，在表面上把决策权交回给我。这完美的领导艺术，让我略感尴尬后，心生佩服。

不日，得一契机，我与鲁院的赵兴红主任闲聊。听她谈小说的戏剧性研究，从她的学术理念中，我知晓戏剧性在小说中，得从构建的内部创作规律来考察，更多的是从精神内涵和美学意蕴的角度来权衡。所谓的戏剧性，是一个冲破戏剧框架更为宽泛的自由观念。戏剧是一种幻想模式，小说也是一种幻想模式，都需要用其时空复合性，体现人类命运和人生经验的种种复杂幻想形态。由此引申思考，其实人生相遇的许多交往，也符合这个理论，以模糊的初识幻想开始，在清醒的现实中熟络。同学这个词，不管从实际还是表面来看，都应该更能形象地彰显其戏剧性，这也是赵老师教给我的学术观点。

渐渐熟悉之后，我和吾买尔江的闲聊也开始变得随意起来，充满了戏剧性。我们谈创作心得，谈听课感受，谈各自民族的特点或习俗。

吾买尔江这个名字是有由来的，班长告诉我。在维吾尔语中，"江"是对男性的一种尊称，相当于汉语的"君"字，叫某某江也就是叫某某君的意思。我恍然明了，难怪以前在书本上读到有关新疆的人物，总是有那么多男人的名字都以"江"结尾。

民族作家班的学员是中国作协从全国挑选来的作家，可谓藏龙卧虎。随着接触时间的增加，我发现同学们一个个成绩斐然，班长的成就更是光芒闪耀。这位名扬新疆的作家，来自官方的简介一点也不简单，沉甸甸地占满我的视野：吾买尔江，中国作家协会会员，新疆作家协会理事……

1992年，吾买尔江本科毕业于新疆喀什师范学院中国文学系，入职吐鲁番报社，先后任记者、文学版编辑、主任编辑等，一步一步，不断进取。在写作的道路上，他可谓硕果累累。他获得过新疆汗腾格里文学奖、塔里木文学奖、新疆报告文学奖、《民族文学》年度奖、吐鲁番文艺奖等奖项。他出版有《痛苦的爱》《雪上篝火》《心上人，你在何方》《一言为定》等各类文集十四部；许多未收入集子的作品，散载于《民族文学》《中国民族》及各大小刊物（维吾尔文版）；在事业上，2021年12月他当选中国作家协会第十届全国委员会委员，2022年7月任新疆作家协会副主席，2023年5月至今，担任吐鲁番市文联党组副书记、主席职务，担任吐鲁番市作家协会名誉主席，《吐鲁番》文艺杂志主编。多年来，他组织了大量文艺活动，在不断扩大文艺影响的同时，为宣传吐鲁番、宣传新疆发挥了重要作用，培养了大批青年文艺人才。他带领的工作团队，出色地将《吐鲁番》杂志打造成了颇有名气的优秀刊物。

吾买尔江有很强的组织能力，这一点随时都能体现在他的处事之中。记得开学典礼时，学院领导特别提到，新疆同学来报到是最整齐的，相当具有团队精神。当时，令院领导没想到的是，吾买尔江居然通过网络，为分布在全疆各地州、市的十名学员统一购买同一航班的机票，并提前联系好接机的汽车，把同学们安全送到鲁院。老师们和他交谈后得知，他事先了解到有些同学没出过远门，普通话表达又不太流畅，如果各自从机场转车到校，会有一定的困难，于是就做了先期的策划和安排。由此分析，学院安排他当我们的班长，绝对是明智之举。

后来的班级联欢会和外出的社会实践活动都很好地验证了学院的判断。吾买尔江的才艺，直接震惊了全班。

开学第五天下午就是班级联欢活动，短短几天的相处，大家迅速组合并排练出了二十多个节目，这也是成年学生的优点，自主和自律，很有大局意识。就如同牧民的谚语所说："再棒的群羊，也得头羊带领。"我们班的头羊，就是班长吾买尔江！联欢会开始，他就儒雅大方地带领新疆同学翩然起舞，热热闹闹地烘托了氛围。他帅气的舞姿，感染了现场的每一个人，老师和同学都忍不住加入舞蹈的行列。他面带笑容领舞，大家手忙脚乱地跟着，虽然一片混乱，却也可爱得恰到好处；当一曲新疆民歌被他高亢唱响，立刻引来大家纷纷鼓掌，联欢会的欢声笑语瞬间在四月的鲁院温暖升腾。后来，全班去江西开展社会实践，一路上，每到一个采访点，班长就协助班主任细心清点人数，召集同学们有序开展活动。行程中，正巧有位同学过生日，吾买尔江组织大家为她庆祝。那个夜晚，大家聊了许多平时没有聊到的话题，如人生、家庭和爱情，聊得内心柔软、热泪盈眶。班长也再次带着同学们一起唱歌、跳舞。十三个民族的欢聚，在那一刻快乐而热烈，每个人脸上都洋溢着欢愉，全班的亲密度得到空前高涨。我们在那个夜晚的月光下感叹，多么温暖的情感！吾买尔江，真是"鲁民"二十三班名副其实的主心骨！

诗人于坚说："朋友是最后的故乡。"我很赞同这句话，朋友和故乡都可以承载个体精神，可以安放人生的悲欢及日常琐碎，可以随意倾注长短不一的平淡，哪怕不语不言，毫无色彩。也许正是因为这个缘由，在远离故乡的北京，我们很快从同学过渡到朋友。于是，吾买尔江的故乡——新疆吐鲁番和他的人生经历，通过语言来到我面前，并一点一点地铺排。我以相对冷静、客观的立场来听取他的讲述，用我的文字，来展现他的温良、思索与智慧。

吾买尔江在吐鲁番市胜金乡长大，出生在一个平凡的维吾尔族家庭，兄弟姊妹五人，他排行第四。

受民族文化的滋养，吾买尔江出生的家庭祥和温暖，母亲贤惠，父亲慈祥。在书香家庭环境的熏陶下，他自幼就萌发出对文化知识的浓烈渴望。他从小参与家庭劳作，早晚割草养羊，下地帮助大人种棉花、小麦和高粱；上学后，在这些家事之余，他喜欢每天与书本安静相伴，沉浸其中。这个习惯一直伴随着他长大，直至今日。他说，自己从小喜欢画画，且画得令当地画家赞赏。大学时，他参加过学校文艺队，能歌善舞，还弹得一手好吉他。在鲁院，我发现课余他和同学们打乒乓球，那近乎表演的球技堪称精湛。他几乎是个全才，但抛开这些特长，我感觉，写作对于吾买尔江来说，似乎还有天生的成分。

大学一年级时，一次偶然的感动，成就了吾买尔江第一首公开发表的诗作。至今，这个第一次仍然清晰地留在他的记忆中。那是1989年春暖花开的三月，作品发表于《吐鲁番报》。在吾买尔江的描述里，这是此生无法忘却的日子和报刊。如果说，以前对读书的热爱是自发的学习和积累过程，那么因为诗作的发表，吾买尔江仿佛突然之间醍醐灌顶，一下子找到了与心灵和精神约会的途径，写诗此后变成了自然和自觉的写作行为。

吾买尔江的文字一天天地成熟和练达起来，他的视野也越来越宽广，天高地远。尤其在大学毕业后，记者的职业给了他更为适合的写作轨道，广泛的社会接触，丰富了他的素材库存，拓宽了他的行文界面。除了诗歌，吾买尔江开始涉足散文、小说、纪实文学等多种文体的写作。他的作品以赞美祖国山水、热爱家乡与草木、歌颂优良传统及纯真爱情为本，反映了新时代、新生活、新气象，具有强烈的时代精神，也具有很高的审美价值。他很轻易地就熟练驾驭了这些体裁。他的书一本接一本地出版、畅销。

吾买尔江俨然成了文字的王者。他日夜纵横在他的文学江山之间，霸气地拓宽领地，放马驰骋。

当然，他不是单纯的作家，他还是一个行政部门的主要领导，在新疆吐鲁番市，他是名叫吾买尔江的文联党组副书记、主席，还是作协名誉主席、杂志主编。他按照本单位的工作职责完成上级的各项任务，负责组织文学艺术活动，主持文联日常工作，审定杂志作品，参加各种会议、培训、学习、采风等。2013年8月至2015年2月，吾买尔江来到当地最偏僻的鄯善县迪坎乡卡孜库勒村，担任"访惠聚"工作组组长。他与同事在基层了解民情，解决各种矛盾，尤其是有效地开展各种文艺活动。通过给大家宣讲政策、进行心理疏导等方式，为当地解放思想、社会稳定和长治久安做出了贡献。吾买尔江和他所领导的工作组都连续被评为地区和鄯善县先进。他和迪坎乡的干部、村民也建立了长久的联系，结下了深厚的友谊。

这些过往，在我们班外出采风的大巴上，吾买尔江平静地讲给我听，神情很淡泊，脸上还挂着纯真的微笑。但同为写作者的我非常清楚，成绩的背后，有多少心血和汗水。我曾因人物采访去过闭塞的乡村，见识过自然环境的恶劣及生存环境的艰辛，极短几天采访过后我就迅速撤离了。可以想象得出，他那一年半的日子是浓墨淡彩都无法完全描绘的。

我的理解是，不只小说、同学，就算世间万象，也都被戏剧性包裹着。人生是个大舞台，每个人都在出演自己的那部戏。

吾买尔江说，要以乐观的态度对待任何相遇。我很赞同，生命在这个世界是平等的，不管相遇的是高贵还是卑微。在任何环境下，人其实需要的是克制自己的消极情绪，把时间合理安排，做符合现状的事，自然就能过得充实而有意义，随遇而安，斯真隐矣。有大智慧的人，方得此心境。

吾买尔江就是一位有大智慧的人。他平时说话温和，走路很快，步伐端正。一个行走端正的人，一定脊梁挺立，正直善良。作家要有时代的责任感和使命感，也应该有一颗爱国的心、感恩的心，给民众提供健康的精神食粮。他说过，也亲力践行。他认为作家应当写身边最熟悉的生活，也应当成为社会正能量的楷模。最重要的是，他的作品在教育读者、描绘新时代等方面具有积极作用，尤其那首流传全疆的歌颂雅尔果勒（交河古城）的诗，充满了万千自豪：

交河故城

交河故城宛若孤岛，
稳固屹立在河谷边。
生土建筑见证千年沧桑，
把时间凝固在人间。

漫长历史的风云，
在残垣断壁上上演。
连土块都是艺术品，

诉说着地老天荒。

历经千年的风雨，
至今依然屹立不倒。
丝绸般的长街小巷，
如同历史的破折号。

仿佛沉浸在睡梦里，
交河故城一片宁静。
但在梦中战马奔腾，
扬起的尘沙中刀光剑影。

尘封的往事已成传说，
而古城宛若搁浅的巨轮，
跨越两千年的漫长岁月，
把祖先的精神传递给子孙。

多么深沉的热爱，这个有着浓厚故乡情结的
人，用文字逐一展现故乡的人文、风物。吾买尔
江深情地爱着这片绚烂的土地，为它骄傲，也为
它偶起的瑕疵焦虑。他自然地担起完善故园的重

任，不怕路远，没想过回头。他说，心里必须有责任！

作家，是分大我与小我的。我坚信，吾买尔江配得上称为有大我的作家！

"鲁奖"得主穆涛老师来鲁院授课，讲《汉代文章给今天文学写作的照耀》。我幼时曾被外婆口头灌输四书五经，长大后一直偏爱古诗词，所以对那场讲座甚是欢喜，听得痴醉。课后，吾买尔江来交流，谈一些他理解上的困惑。我尝试给他讲解西周以来的诗歌美学，讲诗书礼易乐春秋，还有《楚辞》《后汉书》等，从我并不深厚的认知和记忆积淀里，分享些许心得，可我承认有点徒劳。他对我诠释过程的赞美，体感上更多源于他的礼貌和涵养。国家太大，共生了许多庞大的语言和文字体系，作为一名维吾尔族作家，他对艰涩难懂的古汉语作品的学习和领悟肯定要吃力些。交谈时，聪慧的他，就每个不理解的字词，虚心向我求教，并请我一一写出字词相对应的拼音。这是他上大学后学会并娴熟运用的工具，可以辅助他领会汉字。那时那刻他的认真与执着，让我发自肺腑赞叹，人到中年，却首次遇见这样严谨的文人。同道中人的感觉，好欣喜！

吾买尔江的写作非常勤奋。在鲁院学习期间，他每天都坚持写一千字左右的文学笔记，记录同学们在鲁院日常学习和生活的细碎点滴，并上传到新疆作家网维吾尔语平台配图发表。这个以"鲁迅的呐喊"为标题的系列文字，受到了新疆作家、诗人、文学爱好者及读者的关注，引发了他们强烈的反响，得到他们的高度评价。通过他的记录，更多当地作家得以看到如此丰富的文学活动。毕业时，他的笔记已累计达到三万多字，得到《喀什文艺》杂志编辑的青睐，被公开发表。

吾买尔江的写作生涯，可以说是从诗歌开始，诗句是他朝向人间的证词。多年来，他的诗写风格一直颇有普希金的神韵，朴素自然、结构整齐、内涵广博、哲理性强且饱含个性，毫不矫揉造作。他的诗歌的元诗立场明确，面对现实但高于现实，他以自己特有的敏锐切入并表达出个人与时代的情感。诗里行间传递给读者的，是一份源自他的部族血脉的浓烈生息。他先后刊发于《民族文学》《清明》《安徽文学》《湖南文学》《湘江文艺》等刊物的诗作，都以真挚的生活信条，观照山川大地、民生、民情和生命。他营造的诗境，没有这个时代惯有的浮躁，我读到的是律动的大漠孤烟和悠扬的天籁之声。诗人雷平阳认为，诗歌是寺庙旁边的语言。我听到了吾买尔江诗文落在阳光和月色间的清脆声响，掌心的书本上，萦绕着他的文字渗透出的温度。

吾买尔江的其他文体，如小说和散文，也处理得非常具有在场感。小说桥段设计和属地元素的投放精准到位，因地域引发的异域风格凸显，极好地调动了作者和读者双向的情绪传递；散文中，陌生化语言的使用，是他创作的特色。这也反映出作家的文字技能，他将语言通过变异的引申，构建出另一种切合需要的范式，触动人心最柔软的部分。吾买尔江的纪实文学作品能较好表现作家的社会责任、文学使命、写作态度及对作品的掌控能力，并凸显着纪实文学的"纪实性"。他将存在于生命与生活的彼此关涉串联，把生活感知置入切身的生命体验中，以平静的姿态与现实交流，最终达到理性书写的境界。

吾买尔江品行优良，文字天地多元且充满活

力，他的文学主张、文学态度和使命就是作家持守的责任。他所有文本的表达及形象叙述，都坚定了"文学为人民"的方向，以及积极深入参与和记录现实动态及民生的自觉。

从鲁院返回新疆的吾买尔江，立刻回到乡下的老家。老宅子还在，母亲以往给他的教诲也在。他念叨过无数次母亲的伟大，感恩老人家当年教他熬制的茴香茶，让他至今视力依然明亮。老园子与火焰山遥遥相望。蔬菜旺盛生长，脚边的小草是深绿的，杏子熟了。他咬了一口杏子，老家的味道慢慢弥散，眼里泛起点点湿润。他的心里，生出了一行行诗句……

故乡在侧，诗在远方，吾买尔江，在路上。

什么是人，怎么为人，吾买尔江用诗歌向世间告白：

人

我问高山：

——生命是什么？

——让世界知道你的存在

我问大地：

——爱情是什么？

——让纯洁的信念渗入血管

我问江河：

——幸福是什么？

——变成一滴露水融入土地

我问苍天：

——死亡是什么？

——让你的灵魂谱写不死的歌谣

我们很久以来，

以为我们是世界的主人。

可我们，

从没享有过真正的爱情，

从没享有过纯洁的幸福和死亡！

我们为何不是高山，

我们为何不是江河，

为何不是大地或银河？

不

大地太宏伟，

高山太雄壮，

江河太奇异，

我们

还是要保留自我

连同我们原本的精华

领会做人

做一个真正的人吧。

鲁院毕业不久，吾买尔江前往湖南省长沙市挂职，担任长沙市民族宗教事务局副局长。

巧合再次降临。在长沙骄阳似火的六月，我与广东的谭功才同学因工作事务，同一天抵达这座号称"火炉"的城市。当晚，我们与吾买尔江以及长沙当地的另两位同学相聚。当初千里之外的相识，如今又在千里之外的相见，这份源于鲁院的同学情，让我们频频举起酒杯。

从鲁院到新疆，从新疆到未来，吾买尔江注定在文字间行走。"恰好你来，恰好我在"，感谢文学，在岁月正好的时候，让我们成为同学。所以，班长同学，请带着我的祝福，在文学道路上，大步向前行！

（师师，本名师立新，女，彝族，中国作家协会会员，鲁迅文学院学员。作品散载于《民族文学》《诗刊》《文艺报》《星星·散文诗》《诗潮》《散文百家》《边疆文学》《诗歌月刊》等刊物，著有诗集《边地辞》。曾获得第九届云南文学艺术奖、"傅雷杯"全国文艺评论奖、第九届中国（海宁）徐志摩微诗歌大赛奖等奖项。）

目录

辑一　灵魂：自由飞翔

孤独的灵魂……………………………………… 002

孤　独……………………………………………… 005

孤独在我身上蔓延……………………………… 011

小　站……………………………………………… 012

朦胧的城市……………………………………… 014

痛苦油然而生…………………………………… 016

融合为一………………………………………… 019

轨　道……………………………………………… 022

给你痛苦………………………………………… 024

失败者…………………………………………… 026

巨　石……………………………………… 028

灵魂之鸟…………………………………… 030

虚　无……………………………………… 032

诗人为王…………………………………… 034

雨　夜……………………………………… 036

一切表白仅是纸上理论…………………… 038

献给谁……………………………………… 040

歌唱祖国，需要伟大的诗行……………… 042

人生，季节与少女………………………… 044

永恒的等待………………………………… 047

辑二　自然：放飞自我

立　春……………………………………… 050

晚秋悲歌…………………………………… 052

诺如孜节里的初遇………………………… 054

抓月亮……………………………………… 056

丽江印象…………………………………… 058

交河故城…………………………………… 060

从上海到火洲 ·············· 062

天上的印象 ················ 072

馕 ······················ 074

秋，树木陷入了沉思 ········ 076

白雪与希望 ················ 078

旅途的意义 ················ 080

吐鲁番颂歌 ················ 082

林中泉 ···················· 084

古　树 ···················· 086

坎儿井之歌 ················ 088

冬牧场的黄昏 ·············· 092

永恒的春天 ················ 094

辑三　爱：唱不完的歌

爱的伤痕 ·················· 098

此生我为了爱你 ············ 100

错别九月 ·················· 102

秋分时节 ·················· 104

一切为时已晚……………………………………… 107

欢迎春日………………………………………… 108

我的天使………………………………………… 110

丽　人…………………………………………… 112

燃烧的雪………………………………………… 113

当我们相拥而泣………………………………… 114

古城聚散………………………………………… 118

寻找你…………………………………………… 120

月圆之下………………………………………… 122

今晚，花好月圆………………………………… 124

没有你…………………………………………… 126

我的性命，你的性命…………………………… 129

爱的折磨………………………………………… 130

通向永恒………………………………………… 132

你的眼睛深如大海……………………………… 134

江水也会燃烧起来……………………………… 136

两颗心永远向往彼此…………………………… 138

寻找我的爱……………………………………… 140

偷心贼…………………………………………… 142

永不熄灭的烈火………………………………… 144

我是你生命的土壤……………………… 147

我的意中人……………………………… 148

重逢便是节日…………………………… 150

当我遇见你……………………………… 151

无法相遇………………………………… 152

你的名字叫幽情………………………… 154

爱的故事………………………………… 156

我若爱你………………………………… 159

烧不完的火……………………………… 160

春风又吹来你的气息…………………… 162

你的魔法………………………………… 164

辑四　记忆：历久弥新

让世间充满爱…………………………… 166

追忆母亲………………………………… 167

人………………………………………… 172

甜的不是葡萄而是爱…………………… 174

四十岁的九个男人……………………… 176

致朋友 ·································· 179

故乡赞歌 ······························ 180

只求作为人灵魂完满 ·················· 187

当活着与去世 ························· 191

光阴似箭 ······························ 193

满载幸福的心和裙摆 ················· 195

每个人心里对祖国 ···················· 197

致母亲 ································· 199

一个吻，一千个性命 ················· 201

你的眼睛，你的眼神 ················· 203

美丽世界 ······························ 205

后记：写诗，是一种精神盛宴

·························· 吾买尔江·斯地克207

辑一

灵魂：自由飞翔

孤独的灵魂

我的心，宛若空荡的宫殿，
而你原本是我的女王。
我的泪水如同一曲哀歌，
悲伤随着泪水不断荡漾。

我忧伤地对绿叶倾诉，
我的灵魂孤苦伶仃。
你是我心的唯一主人，
你的目光深沉而镇静。

你抱住我如一团烈火，
而我的心依然空荡。
我爱你爱得如痴如狂，
但无法平静心中的恐慌。

我哭着对你海誓山盟：
我的今生唯有爱。
而你对我的痛苦毫无知情。

爱是什么，被爱又是什么？
唯有心灵合一。
不是我残酷无情，
痛苦一点点把我吞噬。

我的灵魂是可怜的孤鸟，
四处漂泊，无声流泪。
我的心中妖雾缭绕，
我迷离彷徨，顾影自卑。

我在荒野呼唤我的灵魂，
啜泣着回应的只有悲伤。
一草一木传来声音，
无比凄凉，久久回荡。

我孤独的灵魂对着胡杨，

讲述他漫长的故事。
而在河中的孤舟，
载着他远行到天际。

而你的爱如此冰冷，
请原谅我，我的美人。
我的气息如此悲壮，
灵魂如何才能重生？

热浪滚滚，而我泪如雨下，
我寻找灵魂已经筋疲力尽。
宇宙啊，请将灵魂归还我，
以让我的爱臻于完整。

爱是心灵的合一，
原谅我，我的美人。
等我与灵魂归一，
我将是你永恒的爱人。

孤　独

伸手不见五指的黑夜里，
走出来一颗燃烧的心。
出生后尚未背负起重担，
你为何爱上了这一人生？

静止不动的一双眼睛，
死沉沉地盯着照片，
不断地把呼吸引燃。

1

夜里彩色云雾缭绕，
沉默中虚弱在闪烁。
而我已经酩酊大醉，

软弱无力的双脚
拖着我的身躯向前挪步。

血红的眼睛盯着路面，
孤独的道路正在飞奔。
一束束光在我的意识中变成黄金，
金光中走出来一个美人。

迷乱的脚印布满了整个马路，
在沉睡中的城市里为所欲为。
醉醺醺的嘴唇上闪烁着愁苦，
将这寂静的夜晚拍打敲碎。

巨大的路灯一个劲儿地发光，
将我幽灵般的影子拉长。
大地上唯有我孤苦伶仃，
我的心已向痛苦缴械投降。

我已沉醉，与世格格不入，
情人啊，我的歌只为你献唱。
此刻，谁能拒绝一醉方休，

请用美酒将我的空杯斟满。

2

哦，墙壁，正在步步向我逼近，
而我形单影只，陷入了沉思。
而我的心中充满了无尽痛苦
深思如深渊般不断地将我吞噬。

我是巨大的感叹号，纹丝不动，
我趴在书桌上，身体沉重如山。
而从我的眼中滴落了无数句号，
心在怦怦直跳，充满了惊慌不安。

寂静的嘶鸣声充满了整个房间，
我的心在战栗，不停地战栗。
而你在纸上——一个不可能的彼岸，
我完全沉入你忧伤的眼底。

你一会儿嫣然一笑，一会儿却痛苦流泪，
你在房间里来回走动，轻轻如雾。

我伸出双手，却触及不到你，
抓住的只有无尽的哀愁和困苦。

我将痛苦和渴望的心装入信封，
寄给了你，我黑眼睛的美人。
此刻，我如同一具行尸走肉，
我的丹科，请给我带路，给我爱情。

3

床头站着一位美丽仙女，
亭亭玉立，魅力四射。
她面无血色，
这让我不寒而栗。

冰冷的房间里只有我和你，
而你被永远囚禁在墙壁。
不论你曾与谁坠入爱河，
此刻除了我，你别无选择。

忽然你从相框里走出来，

而陌生的夜晚已进入房间。
喉咙一再叫唤陌生的名字，
我如痴如醉，哭声悠然。

4

对你的热情记忆犹新，
我对你的魅力完全屈从。
彼时无需如此漫长的等待，
每夜你的长发将我带入梦中。

而我伤了你玫瑰般的心，
没有珍惜你纯真无邪的爱情。
都是我的过错，罪有应得，
"诅咒我吧，用你的痛恨。"

我梦见你，梦短而思念长，
我的浑身满是对你的思念。
我抱着枕头就像抱着冰块，
痛苦的心何时才能笑得灿烂？

一颗心在熊熊燃烧，
干渴的岸沉没在清水中。
我的心为何只会爱上你，
痛苦的心为何只为你跳动。

我的笑是痛苦的面具，
孤独的心是痛苦的深渊。
命运啊，怎么折磨我都无所谓，
但莫让我在大地上顾影自怜！

孤独在我身上蔓延

我在人间寻求快乐，
总是无奈地笑对人生。
而我的希望一次次落空，
只有痛苦名不虚行。

终究泪水还是取代了笑容，
我恐慌不安，迷离彷徨。
我该究竟如何生活，
为何总是找不到方向？

孤独在我身上蔓延，
我泪水汪汪祈求爱。
而在这天寒地冻的季节里，
浑浑噩噩地走向未来。

小　站

热闹的小镇空无一人，
而有一个小小的终点站。
没有鲜花，也没有雪花，
我是一个过客，满心期盼。

我无声地等待，一直在等待，
望着空荡的路，望眼欲穿。
身前达坂①挡住了我的去路，
身后汹涌的湖水把我追赶。

不见汽车突然开过来，
我唯有等待，不能走远。

---

① 维吾尔语中意为"山顶的隘口"。

只传来低沉的哭声，
睫毛上的泪水早已蒸干。

我不能随心所欲踏上征途，
因为我负担沉重，道路漫长。

热闹的小镇却空无一人，
只有一个小小的终点站。
我等啊等待，望眼欲穿，
等待的痛苦啊，
使我如坐针毡。

朦胧的城市

我将脸贴在窗玻璃上，
望着城市陷入了沉思。
空荡的心呈现出来，
我开始翱翔在天空里。

我的呼吸在玻璃上蔓延，
悲伤的城市笼罩在雾气中。
朦胧将一切吞噬了起来，
夜晚和黎明消失得无影无踪。

我的呼吸笼罩整个城市，
我对着天空呼出我的爱。
而只有泪水响应了我，
还是痛苦把我守护起来。

我冰冷的心是冰冷的镜子，
为什么我会失去真爱？
我倍受煎熬啊不寒而颤，
痛苦的箭头不停地向我射来。

我将脸贴在玻璃上陷入沉思，
我勇敢地活在这朦胧的城市。
我心爱的美人究竟在何方？
对我的问题，
命运为何总是漠然置之。

痛苦油然而生

人生会一点点地消失殆尽，
而爱会载入史册。
往事会像大树一样枝繁叶茂，
只是一颗心备受磨折。

忠诚之玫瑰是否已凋零，
往事为何被蛛网尘封？
意识中已成印痕的希望，
是否会常常破坏你的梦？

你在这古城里常陷入沉思，
但不见足迹上长出鲜花。①

---

① 在维吾尔族的习俗里，为某人祝福时，会说："愿你走过
的足迹上长满鲜花。"

于是，你的痛苦油然而生，
一滴滴泪水把整个夜晚吞下。

你慈悲的眼里充满泪水，
而你的嘴唇上闪烁着微笑。
是谁将石头绑在了棍子上，
为何大地如此冷酷残暴？

不，你将会回到你的卧室，
倒在床上将一切抛在脑后。
一切感官都会停止工作。

陌生的气息会让你清醒过来，
陌生的手指已经在行动。
残酷的现实会让你痛苦煎熬，
啊，信念会因此瓦解溃崩？

无法忍受的巨大疼痛，
像虫子般啃食你的肉身。
你会揪住头发大喊起来，
诅咒那坚不可摧的命运。

生活压力和人生的负担，
重重压得你半死不活。
爱也会慢慢地被遗忘，
跳动的心也会变成石头。

呵，痛苦的爱，痛苦的希望，
你的玫瑰已经盛开在远方。
而我楚楚可怜，孤立无援，
如何才能摆脱这漫长的悲伤？

融合为一

我的路不会与你的路交汇，
没有你，我的黎明也会漆黑。
以泪封缄的情书让我倍感幸福，
你温暖的气息治愈我的伤悲。

在这极其匮乏的日子里，
梦之花也会枯萎凋零。
如水的岁月雪上加霜，
但总会有时光抚慰我们的心。

在这供不应求的时间里，
你的微笑是我心的翅膀。
这来之不易的真实感，
足以让我的灵魂翱翔。

在这忧伤无助的夜晚里，
无眠的幽灵四面进击。
而我像随风漂泊的落叶，
不停地惩罚灵魂和自己。

你的消息突然如光般传来，
将我冰冷的心彻底照亮。
冰雪中绽放的一朵玫瑰，
带来整个春天的鸟语花香。

我沉默不语，心情享受，
你的气息不断地扑鼻而来。
我的平原上你是大山，
给我力量支撑着我的爱。

而我不能回应你哪怕一个字，
但你的爱充满我的心灵。
我迈出的步伐源于你的激励，
你的爱让我自由飞行。

潺潺流水唤醒了整个春天，
你的爱是我的大地。
我等待，我们的心融合为一。

轨　道

你是我的轨道，
而我常常迷失方向。
你自转，
你的黑眼睛
是大千世界。
当我欲要绕着你转动，
突然偏转进入其他轨道，
并与其他物体碰撞。
我瞬间支离破碎，
我的每一块碎片上
跳动着一颗火热的心脏。
我的心，颤抖，
血液沸腾。
我不停地捶打我的灵魂，

在伤口里寻找它的形体。
眼睛燃烧起来，
我的终点在何方？
我寻找我的轨道，
将所有的碎片和心脏
一一收集起来，
奉献给你。
只是乌云密布，
遮住了我的方向……

给你痛苦

要不这样，我
将痛苦给你，
将幸福留给自己。
来吧，
你吃麸皮，
我来享用琼浆玉液。

要不这样，
你泪如雨下，
而我心花怒放。
你一贫如洗，
而我富贵荣华。

要不这样，

你形单影只，
而我拥抱爱人。
你的梦想破碎，
而我美梦成真。

最后，我们
将这两种人生放入天平的托盘：
唯有你活得像个人，
你的灵魂一尘不染，
在痛苦中获得了真正幸福。

而我如同行尸走肉，
活得一塌糊涂。

不，命运
请给我苦难，
让我坦然。

失败者

你
从我灵魂的殿堂里飞出来，
驮着悲伤的灵魂。
而我
失去你，
面对未知的未来。
此时，
岩石开始鼓掌喝彩，
从森林传来野兽的咆哮声；
你脚下的路，已经迷失，
通向无尽的悲哀。
而我，

停在一个十字路口，
我的尊严变成了一个铁笼。
人性的利箭，
射向狂热的欲念。

巨 石

当你变成可憎的泪水，
在我灵魂的天空里。
我会变成忠诚的浪涛，
击打命运的滚石。

这心是神圣的滚石，
将生与死带给人间。
将爱与恨筛选出来，
使得宇宙正常运转。

这滚石是宇宙的中心，
爱，生出更多的爱。
在石头上长出玫瑰花，
让血管里的血液沸腾澎湃。

你的灵魂便会凋零，
当石花引燃你的名字。
而此刻爱是一杯美酒，
我会与你融为一体。

当你变成可憎的泪水，
在我灵魂的天空里，
我作为生命的一片绿叶，
在滚石里变成化石。

灵魂之鸟

我不会对你说再见，春天，
冬天来了，你也不会太远。
你挥动翅膀，雪花纷纷掉落，
射中我，像永恒的利箭。

我射出利箭，却自己倒下，
双眼顿时泪如泉涌。
我的词语是你翱翔的天空，
连太阳都遭受了你的嘲弄。

冰冷的身体上飞出一只鸟，
飞落在我的胸膛上啼鸣。
啊，请抚摸一下我的头，
别惊扰这无法成真的梦。

是的，我不会跟你说再见，
但我无奈要与自己分别。
我的灵魂被困于你的铁笼，
请敞开怀抱向我的命运，
请鼓掌喝彩为我的人生。

虚　无

将我逼向最后的时刻，
将我的器官一个一个吞噬，
虚无
爬进心的深处，
欲在泪水中洗礼。

抚摸过头发，
抚摸过手指，
永恒的悲伤
栖居在心的天空里。

一双双眼睛
不停地移动。
云雾笼罩驿站，

泪如泉涌，

在虚无的深处，

梦在抗争

铮铮不屈。

诗人为王

出租车飞奔，
碾过命运的路。
街灯微弱地闪烁，
酒鬼的眼睛般赤红。
星辰，对人间闹剧极其痛心，
便带着历史走向黎明。

而诗人
守着人的梦，
孤单地拥抱大地。
他的嘴角上挂着笑容，
他的每一次呼吸都是诗篇。
一句接着一句，
诗喷涌而出，

充满整个人间。

诗中赞美爱，
塔克拉玛干和红柳。
诗中吟唱情，
大山和澎湃的激流。

诗中还有欲望，
和亭亭玉立的美人。
城里空空荡荡，
但大地上满是灰烬。

诗人拥抱着大地，
孤单地忙碌于永恒的幻想。
他的心纯真无邪，
灵魂是人类之王。

雨　夜

我们散步在雨夜里，
乡间土路一片安静。
满怀浪漫的激情，
夜晚轻抚我们的心。

雨水不停地落下来，
而我们的心已被点燃。
我们昂着首挺着胸，
而我们的梦长于夜晚。

微亮的土路为我们祝福，
湿漉漉的绿叶为我们鼓掌。
朦胧的湖水宛若宝座，
为我们指示永恒的方向。

身影如摇曳的火焰，
使潮湿的万物燃烧起来。
我们的灵魂一度征服了命运
我们的血液沸腾澎湃。

我们脱胎换骨，旧身份作废，
就像飞鸟挣脱笼子的束缚。
我们在仙境，真实毫无意义，
为自由的灵魂载歌载舞。

在我们短暂的一生里，
如此美好的时光会有几次？
安静的乡村，雨夜，自由，
已成为我们难忘的回忆。

一切表白仅是纸上理论

一切诺言变成了谎言，
一切表白仅是纸上理论。
孤独将我整个吞噬，
真实的只有我的悲痛。

像鸽子般冲我飞来，
美好的回忆和热忱的思念。
而我在远方的城里狼狈不堪，
人群里寻找熟悉的脸。

而你的问候使我更加悲伤，
再次点燃了我全身的思念。
你问候完毕一身轻松，
而我再次跌入万丈深渊。

够了，别再虚情假意，
我要你真实的爱。
信誓旦旦也是一种谎言，
我已伤痕累累，别再伤害。

我只求你忽然出现在我面前，
像突然下起的大雨，将我淋湿。
在这潮湿的城里，
这茫茫宇宙里只有我和你。

只有我们融为一体，
一切甜蜜的话语才会结束。
我也作为一个诗人开始动笔，
为爱写下最优美的诗句。

献给谁

有人问我为何不写诗？
我写诗又献给谁呢？
沉默的灵感，机械的生活，
死水般情感中无瑰宝。
诗歌是宝矿，千年之钻，
心灵熔炉中淬炼。
发掘它历经痛楚，
笔伐不失本心。

淳朴激动的诗句，
如鸟羽般飘落。
诗人不是高产的母鸡，
而是顶峰的雄鹰，
愿每天写作者非诗人。

孤寂沉入静谧大海，
思维漩涡中辗转。
波浪吞噬躁动，
巨石重压在身上。

风暴、波涛、沉默、聚集，
未来终孕育火山。
经历年月，
才诞生勇士。

歌唱祖国，需要伟大的诗行

"祖国"是一个伟大词语，
承载着神圣崇高的绵绵情意。
当要在诗中用来称呼祖国，
一切轻浮的辞藻都会黯然失色。

祖国，如此伟大神圣，
任何比喻都难以完美呈现。
祖国，如此博大精深，
对祖国的爱，使笔头沉重。

歌唱祖国，要有才华，
需要高度的责任意识，
还要有无比纯洁的心灵，
需要提炼出崇高的敬意。

只有将身心完全投入进来，
并让笔头在纸上驰骋，
用诗人的鲜血和激情，
才能将祖国的赞美诗写成。

对祖国的爱是澎湃的大海，
歌唱祖国，需要伟大的诗行：
纯洁的心灵和神圣的感情，
还需要金光闪闪的伟大思想。

笔胆里装的是神圣使命，
对祖国的信仰是无穷动力。
每一个词语，
凝聚着对祖国的热爱和敬意。

祖国，永恒的神圣的意象，
凝聚着无穷的美和力量。
祖国，繁荣昌盛的景象，
点缀着每个词语。
祖国，被诗人刻画在字里行间，
祖国，被人民铭刻在心房。

人生，季节与少女

1

黄昏时分，果园，石椅，
石椅上挨坐着三个少女。
年轻的脸颊彼此争奇斗艳，
年轻的心奏响最美的旋律。

苹果树像少女般玉立亭亭，
而苹果花散发着阵阵香气。
少女突然一笑，笑声如泉水，
久久荡漾在整个果园里。

2

黄昏时分，果园，石椅，
熟透的苹果红如少女的脸庞。
两个少女坐在石椅上满脸愁苦，
世界的喧闹不引起任何风浪。

已不见另一个少女，
整个果园一片安静。
两个少女不时唉声叹气，
空座位上花落纷纷。

3

黄昏时分，果园，石椅，
枯叶纷纷随风飘落。
淘气的秋风在树间跳跃，
而少女坐在石椅上
宛若一尊雕塑。

少女的睫毛上挂满了泪水，
面如死灰，满心悲伤。
少女的孤影慢慢拉长，
果园里不再是鸟语花香。

4

黄昏时分，果园，石椅，
世间万物银装素裹。
笑声和悲伤已随风飘逝，
果园的一切陷入沉默。

石椅上的痕迹已经褪去，
只有尘封的回忆和悲伤。
苹果树常常在梦中追问：
呵，昔日的美少女今在何方？

永恒的等待

屋顶上的老妇人，
满脸伤悲。
默默地等待，
默默地流泪。

老妇人纹丝不动，
不时地唉声叹气。
阳光已从屋顶移走，
痛苦却不曾终止。

老妇人双眼模糊，
望着远方的天际。
她茫然地回到地面，
当晚霞染红了大地。

老妇人念叨着一个名字，
眼神中满是期待。
那永恒的真爱，
今生能否等来？

太阳初升，老妇人
又爬上了屋顶。
漫长的苦苦等待，
真爱何时才会降临？

辑二

自然：放飞自我

立 春

大自然轻轻地苏醒，
河里开始流动碎冰。
河边长出了野草，
饮水的小牛叫了一声。

一棵棵树像年轻的母亲，
树枝上生出绿婴。
雪水中映着蓝天白云，
白云旁边是野草青青。

土地里散发着一阵阵草香，
清澈雪水给田野涂上亮色。
一双双燕子忙于屋檐下筑巢，
生命的气息开始变得炽热。

一群老奶奶忙着捡草根，
从地里升起的水汽弥漫在空中。
一滴滴汗水流到地上，
使大地充满生机，绿意更浓。

晚秋悲歌

一片一片黄叶纷纷飘落，
一棵棵树奏响离别之曲。
飘落的黄叶被秋风吹走，
留下无尽悲伤的倾诉。

一阵阵冷风吹过来，
吹散地上的落叶。
湖边的垂柳随风摇晃，
生命已经精疲力竭。

我走在铺满落叶的路上，
秋天一点点地侵入我的心。
你在哪里，我的爱人，
是否像落叶般四处飘零？

晚秋，一阵冷风吹来，
把叶片从树枝吹落。
奈何命运如此弄人，
一击把我们的爱击破。

我捡起一片落叶，
轻轻放在胸前。
你是落叶我是树，
我们何时才能再见，
为爱而把生命点燃！

诺如孜节里的初遇

春风轻抚，万物苏醒，
我们初见在诺如孜节①。
一朵朵杏花盛开，白里透红，
你如杏花在阳光中摇曳。

是你给了杏花以色彩，
还是杏花给了你光芒？
你亭亭玉立，熠熠生辉，
我看了一眼便向爱神投降。

你的眼睛像出色的猎人，

---

① 新疆多个少数民族的传统节日，也是冬去春来的时节，每年自3月21日起，延续3天至15天不等，通常在春分日（3月20日或21日）左右庆祝。

射出利箭俘获了我的心。
当我彻底向你的美投降，
你却离我而去，不见踪影。

你的嫣然一笑充满了魔力，
你的美变成无底深渊。
我这颗支离破碎的心啊，
何时才能被你的爱抚慰愈全。

抓月亮

山顶上的月牙洞，
就像山的眼睛，脉脉含情。
山顶成了月亮的摇篮，
当月亮爬上了山顶。

夜空中遨游的月亮，
在山顶停住了脚步。
大山深处绿意盎然，
把月光涂成一抹青绿。

月光消融在大山深处，
大山把月亮高高托起。
大山远在天边，
而月亮却触手可及。

我和美人玩起了游戏：
双手交叉去抓月亮。
当我们的手指触碰的瞬间，
一股电流流过我们的心脏。

我们如愿以偿抓住了月亮，
心怦怦直跳，似乎要炸开。
山外月亮，月中大山
见证了我们纯洁的爱。

丽江印象

绿水潺潺，青山连绵，
绿色大地，绿色人间。
叫我如何不惊讶：
世间万物绿意盎然。

江水悠悠，自在流淌，
绿色山峰托起蓝天。
彩蝶在水上翩翩起舞，
阳光下五彩斑斓。

江水碧绿，流在天边，
鹅卵石闪闪发亮在水底。
岸上的一座座绿色大山，
像巨大蘑菇错落有致。

水中鱼儿游来游去，
鱼鹰盘旋在空中。
远处的木筏上，
老人抽着烟斗。

一群水牛从水中，
陆续游到岸边。
游船上的女游客，
忙着拍照留念。

绿水，青山，树林，
人间万物绿意盎然。
当火焰遇到了清水：
人间美景奈何天。

丽江啊，神奇的土地，
山高水长，人间仙境。
在这湿漉漉的土地上，
绿水滋润万物和爱情。

交河故城

交河故城宛若孤岛，
稳固屹立在河谷边。
生土建筑见证千年沧桑，
把时间凝固在人间。

漫长历史的风云，
在残垣断壁上上演。
连土块都是艺术品，
诉说着地老天荒。

历经千年的风雨，
至今依然屹立不倒。
丝绸般的长街小巷，
如同历史的破折号。

仿佛沉浸在睡梦里，
交河故城一片宁静。
但在梦中战马奔腾，
扬起的尘沙中刀光剑影。

尘封的往事已成传说，
而古城宛若搁浅的巨轮，
跨越两千年的漫长岁月，
把祖先的精神传递给子孙。

从上海到火洲

——记上海创意写作培训班

1. 一只孤鸟

——从宿舍窗外，传来一只孤鸟的鸣叫声

孤独感油然而生，
我在房间里辗转难眠。
窗前是翠绿的树林，
人间故乡浮现在眼前。

树林里传来鸟叫声，
婉转而充满了悲伤。
这只鸟，失去了孩子，
还是迷失了方向？

鸟叫声使我痛苦不堪，
莫非我的心也是一只孤鸟？
人间一切美源于此，
心和鸟，为何如此煎熬？

2. 大湖

　　——创作基地后面有个大湖

创作基地后面的大湖，
澎湃在我的眼睛里，晶莹剔透。
我从火洲来，燃烧的心，
抵挡不住水湿漉漉的诱惑！

湖水像镜子，静止不动，
不曾泛起一丝水波。
而拳头大的心中爱在澎湃，
瞬间把整个宇宙淹没。

3. 枇杷

——创作基地大院里有一棵枇杷树

一棵枝繁叶茂的枇杷树，
结满了果实像金色珍珠。
远处纷纷飞来的麻雀，
尽情享受自然的礼物。

我摘下一颗放入嘴中，
一股酸涩的味道涌上心头。
我想到火洲的水果甜如蜜，
果香扑鼻，令人口水直流。

4. 大豆

——创作基地前面的马路两边，种有大豆

小村马路的两边，
一株株大豆挂满了豆荚。
路边没有一片空地，

凝固的蝴蝶是豆花。

我摘了一个豆荚，
一颗颗豆粒金黄灿灿。
风吹过一草一木，
都是对故乡的热爱和思念。

5. 蒙蒙细雨

——蒙蒙细雨下个不停

蒙蒙细雨下个不停，
浸润了我们干渴的心地
灵感之泉喷涌而出，
我们把心声变成诗歌。

突然有个朋友感慨：
如果家乡也是雨水充足，
那一望无际的大荒漠，
不就变成了良田和绿洲？

我立刻反驳朋友说：
伟大的祖国，大好河山，
有山有水有荒漠有绿洲，
处处都是桃花源。

祖国大地养育了我们，
锻炼我们成为男子汉。
赋予我们人生以意义，
生于斯，死而无憾！

6. 明月

——明月感想

夜空中繁星闪闪，
月光洒满了人间。
月亮从祖国的大地升起，
如此皎洁圆满！

7.一只孤雁

——看见一只孤雁飞过湖面

一只孤雁飞过湖面，
把我的思绪带到远方：
孤雁的终点在何处，
在哪里，我的方向？

远方的甜蜜火洲，
是人间大爱的热土。
天上烈日灼烧，
地上我们的生活幸福。

我大声对孤雁说：
请飞到我的故乡！
在那空旷的天地间，
你的翅膀会得到力量！

8. 我们的乐园

——记上海创作基地

一对儿蝴蝶飞来，
落在盛开的花蕾上。
飞鸟不停地鸣叫，
乐园里鸟语花香。

青瓦房陷入了沉思，
房间里是燃烧的心。
诗人的思想相互碰撞，
笔在纸上沙沙作声。

树叶绿得像一块块碧玉，
湿润的万物生机盎然。
天上下着蒙蒙细雨，
太阳正栖息在诗人的心田。

9. 孤岛或世外桃源

——忆上海创作基地

湖水茫茫，树林绿油油，
环绕着一座孤岛。
不是孤岛而是世外桃源，
一颗颗心为文学燃烧。

岛上遍地开花，
彩色蝴蝶翩翩起舞。
飞鸟忽然飞过，
鸣叫声此起彼伏。

在这美丽孤岛，
在这世外桃源，
一首首诗被写出来，
诗人的血流在字里行间。

诗人争先恐后地
谈论着文学、谈论着理想。
每个民族别样的文化，
汇聚成一句句诗行。

偏僻的村庄，云雾缭绕，
偏僻的小路静悄悄。
火热的气息散开，
划破寂静如利刀。

如今往事如同梦幻，
在记忆中若隐若现。
如今诗人在各地奔命，
心在燃烧，为未来的诗篇。

花蕾陷入了无尽悲伤，
不知究竟要为谁绽放。
湖中鱼儿一动不动，
河里细水长流，不再荡漾。

我也在远方——火洲，
渴望着诗和远方。
心中的火不曾熄灭，
为爱燃烧得更旺。

天上的印象

坐在他的怀里去看，
飞翔中穿过云朵。
俯瞰城市像模型，
都是迷你的样子。

我意识到一个现实，
良知的拷问刺痛心脏。
你越往高处探寻，
所看到下面的人越渺小。

实际上全都是一样，
这不过是空中的幻觉。
不要做出轻贱别人的举措，
下落时你便和他同等境地。

再依附天你的根还在地下，
这是亘古不变的真理啊！
学会飞你也要学会降落，
你才能赢得尊重和欣赏。

馕

或许是太阳掉进火里，
或许是炉火升到天空。
阳光一般神奇的温暖，
人人皆知的吐鲁番馕。

坚实的厚度形状特别，
内含丰富的各种营养。
这不是简单的小食品，
那是智慧造就的文明。

人人都把它看得神圣，
馕就是生命的支撑。
它是爱的象征和永恒，
因此也是男儿的誓言。

每当你吃到一块馕，
血脉里总有一股热浪。
它是去往远方的陪伴，
是生命中不朽的梦想。

秋，树木陷入了沉思

秋，树木陷入了沉思，
是否在思念美丽的夏日？
一片枯叶是一片悲伤，
纷纷飘落，零落成泥。

路上落满了落叶，
脚踩发出心碎的声音。
一阵阵冷风吹来，
落叶又开始四处飘零。

一片片落叶梦想着白雪，
冬天之后便是春暖花开。
而我的心也是一片落叶，
何处是终点，我寻找我的爱……

永恒的古老大地上，
落满了黄叶，金光灿灿。
树叶也落在我的身上，
心中的烈火又被点燃。

秋风吹过我的脸庞，
我的脚踩过落叶，醉意渐浓。
天冷而我的气息火热，
天地随着我的心跳振动。

白雪与希望

白雪一片片地落下，
随风四处飘飞。
仿佛杏花从天上飘落，
大地充满了白色之美。

白皑皑的雪花，
轻轻落在大地上。
带着火热的爱，
亲吻一张张脸庞。

雪花在空中飘飞，
一片片纷纷起舞。
天空对大地的爱，

雪作证：天长地久。

雪花飘落在窗台上，
让我的心激荡起来。
我看着一片片雪花，
一点点地把世界涂白。

整个大地银装素裹，
人间充满了白色宁静。
雪花一片片地飘落，
使干渴的大地拥有了梦。

漫天雪飞，雪飘如絮，
给故乡带来了希望。
吉祥的雪花宛若白色春天，
让渴望的心激荡。

当火洲下了瑞雪，
就像幸福来敲门。
雪花落在一颗颗心里，
唤醒一个个新梦。

旅途的意义

旅途有许多意义，
包含忠诚的爱情。
我们曾有这样一段旅途，
难忘的回忆镌刻心里。

贵州的青山之中，
自美景里汲取灵感。
看完射电望远镜，
为之自豪，为之震撼。

宏大的建筑堪称奇迹，
祖国的伟大可见一斑，
高耸入云的山顶之上，
造就了世界的巨眼。

它的称谓便是"天眼"，
专搜集宇宙的秘密，
好似一只守望天空的独眼，
它会观察天空的边际。

我们再次走在历史的街道，
沿着先辈的红色足迹，
先烈的血液中，
盛开的花朵在高歌。

唉，还有美丽的苗族姑娘，
敬茶风俗让人着迷，
漂亮服饰藏有月亮，
点亮寂静的夜色。

吐鲁番颂歌

美丽的吐鲁番，葡萄之乡，
火与绿交织，瓜果飘香。
一处处古城和文化遗址，
见证了曾经的繁荣辉煌。
用生土砌成的交河故城，
向世人诉说着千年风云沧桑。
当天仙在柏孜克里克弹奏琵琶，
众王子便翩翩起舞，引吭高唱。
高昌故城穿越了千年的风雨，
见证丝路文明的交融兴旺。
高耸入云的苏公塔焕然一新，
把天空降低到人们的头顶上。
坎儿井潺潺流淌，把荒漠变成绿洲，
吸引着无数游客前来欣赏。

一个个传说在火焰山上演，
如此独特的火焰山风光。
吐鲁番的阳光，如万箭齐发，
金沙闪闪，带来力量。
葡萄园生机勃勃，农田绿意盎然，
农民的脸上洋溢着灿烂的光芒。
一条条宽敞的柏油路纵横交错，
连通东南西北，通向四面八方。
炽热的吐鲁番大地，热情好客的人民，
用烈焰和热情铸成新辉煌。
古老的吐鲁番焕发出新活力，
火洲拥有太阳的热情和力量。

林中泉

一片偏僻的树林深处，
有一泓未名的泉水。
泉眼清澈如少女的眼睛，
水边野草郁苍翠。

迷失的风吹进树林，
垂柳迎风轻轻飘扬。
而在泉水中的鱼儿，
疲于寻觅一口鱼粮。

宁静像幕布遮住了树林，
却被飞鸟的鸣叫声刺破。
野草被一双脚踩踏，
突然一股香水味儿飘过。

泉水的梦已经被打破，
树林的宁静也消失殆尽。
传来一阵阵欢笑声，
把整个树林和泉水占领。

古　树

参天苍劲的古树啊，
你在路边顶天立地。
你的枝头上岁月沉淀，
你的树叶诉说往事。

曾经我时运不济，
无奈地远走他乡。
当我挥手与你告别，
止不住泪水流淌。

我越走越远，
你默默守护在路边。
在那些艰苦日子里，
我整日寝食不安。

我曾多少次摔倒，
在愁苦中倍受煎熬。
如同一片飘落的黄叶，
随风四处飘摇。

我终于回到了故乡，
把一颗星星作为向导。
你依然守护在路边，
高耸入云，枝繁叶茂。

我的心怦怦直跳，
我紧紧地抱住你。
你的树皮如此柔软，
把我拥入你的怀里。

高耸入云的古树啊，
你守在路边顶天立地。
你的绿荫下响起笑声，
你的绿叶诉说岁月的奥秘。

坎儿井之歌

潺潺流转而来，
坎儿井的水源，
先辈们的智慧汇集，
建立初期的艰险万难。

聪明的祖辈先人，
创立了坎儿井，
有了水便有了一切，
我们的地位提升。

一排排可见的
坎儿井旁的树，
让你看不清我的，
是道路之宽。

好似坎儿井里的泉水般，

我恋人的眼！

加了蜂蜜才揉成的，

那甜言蜜语！

三十大汉一条心，

挖掘坎儿井，

将那柳叶弯眉的姑娘，

掺在劳动的号子里传唱。

我手持锥子，

跳下坑道，

劳动的汗水滴落地下，

与圣泉混为一体。

水喷涌而出，

我面容带笑，

我恋人捧水洗面，

好似娇艳花儿一朵。

棵棵冲天胡杨，
正是我的天堂。
与恋人相守时，
我的欢乐无以言表。

坎儿井的水很神奇，
源源不断不枯竭，
好像身处在圣水中，
无时不滋养着这片土地。

此时此刻冷静下来，
看着坎儿井，
眼睛里的泪光也没了，
随着悲泣的结束。

爱人负气的离开，
坎儿井也没水源，
白杨树也成枯木，
表情冷淡。

走吧，我们一起，
挖下坎儿井，
把前辈的精神，
凝聚一处快乐生活。

冬牧场的黄昏

冬牧场紧紧拥抱着大地，
晚霞把天际染成了枣红色。
果园里充满了晚霞的流光异彩，
只是崭新的栅栏已被人破坏。

一个十五岁少女在院子里，
劈着木柴，已是满头大汗。
一个个烟囱里直冒着白烟，
留下一丝丝痕迹在天地间。

一个门被打开，吱吱直响，
羊一只跟着一只叫了起来。
一条流浪狗走进冬牧场，
用肿胀的腿把夜色拽过来。

父亲点燃一个煤油灯，
照亮了充满爱的房间。
摇篮里的婴儿哭起来，
母亲哼着曲子奔向摇篮。

老爷爷坐在石墩上抽烟，
静静地等待着夜幕的降临。
一阵风把干牛粪吹走，
老奶奶在院里大发雷霆。

一个少女在劈木柴，
牛羊叫着为她喝彩。
烟囱里冒着一缕缕白烟，
黄昏中生活悠然自在。

永恒的春天

早春三月阳光灿，
万物复苏大地暖。
鸟儿纵情唱民歌，
老歌新唱满花园。

婀娜多姿看人间，
每寸土地皆春暖。
垂柳随风吐新芽，
满目欢喜艳阳天。

但见野花争芳艳，
花香四溢润心田。
最是田野蜜蜂忙，
如今生活比蜜甜。

白色鲜花如白云，
粉色春天花瓣唇。
四海宾客纷纷来，
美丽和谐更是春。

田间地头农夫忙，
播撒春种盼希望。
孩童如莺啼鸟语，
穿越小巷歌声扬。

冰雪融化溪流欢，
两岸草木根底暖。
转瞬一看节节高，
更喜今朝是花园。

葡萄藤蔓撑绿伞，
冬夜长梦已渐远。
绿色长廊指日待，
珍珠玛瑙会成串。

农民兄弟嬉笑颜，
团结之歌暖心甜。
春色渐浓花更香，
百鸟争鸣歌声远。

伟大祖国大花园，
四季繁华四季艳。
我心澎湃唱欢歌，
落笔心声谱新篇。

辑三

爱：唱不完的歌

爱的伤痕

你或许真的是痛苦的伤痕，
或者是岁月的山峦，
再不然就是恋人的花园，
我被你的歌声缠绕。

每一句里都有往事的回忆。
音乐里是命运的旋律，
你的歌声里满是阳光。
我的生长，
依赖于你的滋养。

有一种神韵在你身上，
有一种情感在你心上。
你养育了你的人民，

孕育了心中的爱。

永久的思念，

常挂在我心上。

我是风，

四季都在吹拂你的美丽。

我是雨，

在季节里湿润自己的眼睛。

此生我为了爱你

此生我为了爱你，
落魂得狼狈不堪，
弹着吉他唱着歌，
欲哭无泪啊肝肠寸断。

为何你的心如石头，
一直对我冷若冰霜？
你不曾回应我的爱，
而我对你情意绵长。

眼泪一滴一滴地流淌，
汇聚起来是滔天洪水。
我食如嚼蜡，废寝忘食，
我的心已支离破碎。

你对我视而不见，
脸上也不见笑容，
你的眼中闪着神秘的光，
爱，为何不能让你感动？

此生我为了爱你，
付出了沉重代价。
我的生命正在凋零，
而你永远是我的牵挂。

错别九月

你踏寻绿水青山，
在我心分支生根。
叶在甘露中闪耀，
爱情海波涛涌动。

像阳光普照万物，
似初生爱情至纯。
令身心俱焚的魔法，
可淬炼永恒。

啊！九月是第二春日，
以热情心火观摩。
树，今你阴影垂雪，
寻宝中身心颤抖。

历经这叶片在哪？
泪夜被踏的花园，
呼吸里熄灭灯火，
向灵魂投降。

被桎梏在此，
九月后戒除爱情。
唯心摇晃一大旗，
孤傲山丘等波涛。

秋分时节

树叶还未泛黄，
花朵依旧灿烂。
自然的怀抱，
四处弥漫春日气息。
你是春最后的念想，
秋分时节。

鸟儿欢乐的飞旋，
呼吸间吞吐爱情，
双眸处尽显笑意，
大爱飞入残疾者心。
你为我而生，
秋分时节。

你仁慈是我欢乐之源。
只求在你瞳里游，
为一切沉醉双唇。
我唯独爱你，
秋分时节。

河岸落下了冰雪，
我深陷沉思。
你在凄凉的褴褛，
可知我未及你心。
原谅我吧，心上人，
秋分时节。

夜半我们抽噎着，
双目噙满泪送别。
哀伤缥缈的经历，
我的天晴日依旧。
甜蜜悲剧结尾梦，
秋分时节。

心被哀伤所统治，

辗转于分别之痛。
期盼着看你来路，
夜夜叹息中度过。
带着你情谊来吧，
秋分时节。

一切为时已晚

莫再唱情歌，
莫再对我倾诉。
莫再跟着我，
一切不再如初。

一次次的伤害，
摧毁了对彼此的信念。
莫再哀求等待，
破碎的镜子难以重圆。

当我们再次相遇，
莫再潸然流泪。
一切为时已晚，
我们的心已破碎。

欢迎春日

春天百花齐放，
迎来第一场春雪。
满怀激动，
未谋面而期待。

温暖的春日，
在我身边绽放绿色。
我似乎追寻着你，
你却不肯留下倩影。

我们在话筒里相见，
你声音如此可人。
紧贴着话筒的我，
眼前幻化着你的倩影。

你的声音抒情悠远，
让我沸腾。
我眼前展现你，
曼妙如垂柳的身姿。

我这般如此幻想你，
内心如焰。
我们的心性，
如出一辙。

我的天使

自遇见你那晚，
折磨蔓延开来。
满心都是你，
纯真的天使。

轻柔魔力之声，
梦境里你肆意。
你的羞赧折磨着我，
纯真的天使。

如柳的身姿，
慕你纯真无邪。
让我的心跳出胸膛，
纯真的天使。

想你嘴角上扬，
念你入眠。
在夜里独行寻你倩影，
纯真的天使。

篝火端庄身姿，
火光直映天空。
你是太阳宠儿，
纯真的天使。

念你泪珠双垂，
身躯颤抖如露。
不甘的心燃成了火炬，
纯真的天使。

道别却仍不忍，
三魂丢了二魄。
用真心去每一处寻，
纯真的天使。

丽　人

甜蜜过往，
常让你追念。
你从未放下，
甚至愿为他付出生命。
为你的所爱，
可你期盼的在哪里？

你以泪洗面，
将他照片拥入怀中。
我讶于这纯粹的爱，
和无法平衡的痛楚。
你是意志力极强的人，
为何不能抛下过往，重启自己？

燃烧的雪

银光闪闪，原野上雪漫漫，
一阵笑声唤醒了沉睡的大地。
楚楚动人的她，
已让年轻男人心醉神迷。

一个雪团朝着胸膛打过来，
是爱神射出的箭。
年轻的心已经在燃烧，
炽热的气息如同火焰。

银光闪闪，原野上雪漫漫，
寒冷在冰封的大地肆虐。
一对年轻的心蹦蹦直跳，
用爱点燃了漫天飞雪。

当我们相拥而泣

1

自从偶然遇见了你，
我便成为你的俘虏：
你嫣然一笑，婀娜多姿，
你让我备受煎熬痛苦。

你的长发像瀑布，
静无声息地直流。
抑或像绚丽的彩虹，
把你红润的脸颊遮住。

你的长发充满了魔力，
一根头发像一条绞索。

当清风吹动你的秀发，
我的心也随之颤抖。

你的眼睛黑如夜晚，
深得像无底的海洋。
当我的目光与你相遇，
一道闪电击中我的胸膛。

当你突然出现在眼前，
我可怜的心似乎要炸开。
当你盯着我的眼睛呢喃，
我的血液瞬间沸腾澎湃。

当月亮躲进云层里，
你扑倒在我的怀抱里。
那一刻我们为爱重生，
爱照亮了彼此的心地。

2

命运多舛，我们被迫分离，

你在天涯，我却在海角。
你在远方的冰城痛不欲生，
相隔千里让我们日夜煎熬。

当静默的电话突然响起，
我情不自禁冲向话筒。
当听筒里传来你的声音，
我的心怦怦跳动。

我伏在冰冷的书桌上，
用我的痛苦为你写诗。
写下一个字流一滴泪，
当我写完诗泪水也干涸。

我走在人山人海中，
孤独感油然而生。
我留在街上的脚印——
歪歪扭扭，我只身孤影。

火热的气息已经冷却，
街上已不见你的身影。

甜蜜的时刻已成往事，
此刻只有支离破碎的心。

尽管忍受着离别的痛苦，
但我相信未来会给我们翅膀。
当我们团圆，相拥而泣，
大地上会春暖花开，鸟语花香。

古城聚散

黄叶纷纷飘落。
离别拖着翅膀归来，
给心灵编排一份伤感。

古老的城市挂在她胸前，
也高傲地守护着沉默。
空旷的街道与秋季相遇，
也在希望中等待生命。

忽然在废墟里出现，
一对煽情的情侣。
仿佛从历史和过去间走来，
经历的一切变得明媚。

如果说那是一位王子，
身边就是岁月里的公主。
相爱的手握在一起，
重新再现于当今时代。

周围是那么威严的旷野。
那是一种伟大的寂寞，
驱赶身边的漂泊。

抹去挂在眼角的泪，
他们迎接火红的太阳。

寻找你

一路上落满了枯叶，
脚底下发出沙沙细声。
你在哪里，我的美人，
我在树林中孤孤零零。

也许你已经把我忘记，
已经跟他人相识相知。
而我对你的爱没有熄灭，
以模糊的希望面对未来。

一路上满是你的脚印
空中弥漫着你的气息。
我在山峰呼唤你的名字，
在每棵松树上寻找你的影子。

山里传来回声："你在哪里？"
我的心呼唤着："你在哪里？"
优美的风景瞬间失去色彩，
回来时我依然形单影只。

街上熙熙攘攘，人山人海，
我在人群中寻找你的背影。
我把很多人认成是你，
以此来抚慰痛苦的心。

或许你已经把我忘记，
不再回忆我们的往事。
但要知道，这是终生的欠债：
我的心跳声就是你的名字。

月圆之下

圆盘般的皓月，
在天际微笑。
铺满月光的村野，
深深陷入沉思梦境。

平静湖面闪烁，
铺满乳白光泽。
无边小湖的浪花，
正一遍遍轻吻岸边。

一对沉思情侣，
踏寻岸边而来。
歌声仍悠扬耳边，
浪漫诗句留在岸边。

一人一种思维，
非相聚或离别。
心为热爱所跳动，
两颗心灵升华为一。

月亮为他祈愿，
田野寂静如故。
两人心向何处，
他们宿命脱离掌控。

今晚，花好月圆

我曾问你，月亮
是否在每个地方都一样？
你在天涯渴望月圆，
我在海角渴望你的脸庞。

今晚花好月圆，
月光洒在我身上。
我为你写诗，
孤独一人在异地他乡。

离别时我们承诺，
把我们想念寄托于月亮。
或许你在此刻，
望着圆月把我念想。

花好月圆的夜晚，

我们曾手牵手散步。

绿意盎然的田野上，

一草一木为我们祝福。

夜空中皓月千里，

只有你是我的月亮。

而我得不到你的爱，

已经遍体鳞伤。

没有你

下起了滂沱大雨，
在这陌生的都市里。
你的笑容浮现在眼前，
孤独的我心如刀割。

单身汉宿舍一片凌乱，
整个世界如同荒漠。
一个孤单的心在跳动，
奏响着思念之曲。

方便面已经泡好，
但一块馕使我闻到了家的味道。
我想吃一口家乡饭，
而此刻只能在乡愁中煎熬。

你的手，你的温柔，
铭刻在我的心中。
即便是在睡梦里，
无尽思念使我心痛。

但你我相隔千里，
我望不到你的身影。
陌生的交响曲中，
我坚守我的心。

你是我生命的方向，
一双女儿的港湾。
你的爱使我展翅高飞，
使我的灵魂圆满。

你脸上闪着光芒，
一直照亮我的路。
你守护着我的梦想，
任凭风风雨雨。

你我相隔千里，
没有你的日子如此难熬。
但愿我长有翅膀，
一直飞到你的怀抱。

我的性命，你的性命

你悄悄走进我的生命，
登基成为我的女王。
你又点燃了一把火，
让我漂泊在你的路上。

我说你美如明月，
月亮便躲进云里。
你婷婷玉立，
把我的心完全征服。

你如此光彩照人，
让我的血液沸腾起来。
你的性命，我的性命，
用来彼此相守相爱。

爱的折磨

我对你能倾诉什么：
因痛苦夜不能寐，
不停地念叨你的名字，
流下痛苦的眼泪。

你，
为何对我如此冷酷，
让我心如刀割？

我，
欲把你从记忆中抹去，
但总是徒劳而归。
你在那热烈的亲吻中，
一点点把我撕碎。

但愿

我能扑到你的怀里，

尽情地痛哭，

哪怕被自己的泪水冲走，

我都甘心乐意。

我们留在草坪的脚印，

开出了离愁之玫瑰。

湖边响起一阵阵歌声，

呼唤昔日的恋人返回。

你的爱，使我受尽折磨，

如同脖颈上的绞索。

我爱，我的性命，

你在何方？

我心已碎，

使我痛不欲生，

生命一点点地被耗尽，

何时才能，抱得美人归？

通向永恒

每到春暖花开，
每次阳光明媚，
我都会想念你，
希望和你相依相偎。

五光十色的花朵问我，
为什么我是孤独一人。
叽叽喳喳的飞鸟，
要把情歌唱给我听。

我在人山人海中，
默默寻找你的身影。
你是一个平凡的姑娘，
却让我的生命通向永恒。

我和你不离不弃，
你总是守在我身边。
你永远在我的想象里，
我们共同面对人生的悲欢。

你的眼睛深如大海

你是一团烈火，
或者烈火是你。
请点燃我的生命，
让我从苦难中脱离！

你的眼睛深邃如大海，
我沉没其中。
不，你的眼神是星火，
在我心里引起烈火熊熊。

不，你的眼神是达斯坦①，
我永远读不到最后的句号。

---

① 新疆维吾尔族历史悠久的一种曲艺形式，意为"叙事长诗"。

我走得越远，却离你越近，
直到我们把彼此拥入怀抱。

你的灵魂自由飞翔，
打碎我的一个个铁笼。
我的灵魂追随你的灵魂，
直到我们的心同步跳动。

离开你我便会烧成灰，
啊，走向你却会像落叶般飘落。
你的爱，竟如此沉重，
我的生命如何才能承受。

江水也会燃烧起来

黄浦江静静地流淌，
我在船上眺望远方。
一阵阵风吹过头发，
一股股暖流流过心脏。

两岸高楼大厦高耸入云，
热闹的街上人山人海。
灯光闪烁，像满天繁星，
仿佛城市搬到天上。

激动得心怦怦直跳，
壮美的景色难以形容。
人类世界灯火通明，
文明之光照亮了整个夜空。

游船缓慢地划水前进，
两岸的大厦往后移动。
我在甲板上陷入沉思，
激动的心情不断地喷涌。

多么壮美，多么辉煌，
人类创造的人类世界。
我盯着两岸目不转睛，
繁荣的景象让人目不暇接。

当我沉浸在灯火辉煌中，
孤单感忽然油然而生。
我环顾四周，左顾右盼，
你不在我身边，我的美人。

但愿我和你在一起，
在甲板上深情相拥。
当两颗心燃烧起来，
江水是否会瞬间沸腾？

两颗心永远向往彼此

你纯真无邪的爱，
治愈了我的心伤。
如果我离开了你，
应如何减轻对你的渴望。

梦中全是你的笑容，
让我的心开始激荡。
枕头的一半空空，
我哭着迎接新太阳。

我们认识彼此的灵魂，
两颗心永远向往彼此。
幸福在我们的生命中，
翻开新的一页记录我们的甜蜜。

只要我们相亲相爱，
我愿意走到天涯海角。
此刻，属于纯真的爱，
请把我紧紧拥入怀抱。

寻找我的爱

落叶纷纷，沙沙作响，
秋风吹来，使我寒冷。
我四处奔波，可怜兮兮，
寻找我的爱——我的美人。

曾经几时，我们手牵手，
在这条路上散步，满心幸福。
如今你在何方，与谁相爱，
为何我们会分离，去拥抱痛苦。

梦与现实，交织在一起，
激动之情，不断地激荡澎湃。
眼前的一切，如此陌生，
浪漫的幻想，往事尘封了未来。

得与失，人生中不可避免，
人生无常，命运多舛。
唯有破碎的心，一成不变，
把痛苦化为力量，勇往直前。

偷心贼

你的眼睛又圆又大，
如同浪潮翻腾的大海。
你的眼睛深不见底，
一个眼神便把我打败。

你的眼神变幻莫测，
如同一千个深奥的谜语。
面对你，我别无他法，
除了成为你眼神的俘虏。

你的睫毛如同利箭，
直冲我的胸膛射来。
你如小鹿般弱不禁风，
却已把猎人彻底打败。

你婀娜多姿，风情万种
轻飘飘从我的身旁走过。
你已把我的心偷到手。

永不熄灭的烈火

你的肌肤如和田玉般剔透，
身上散发着柔和的光芒。
你的脸美如天上的明月，
看一眼我便已如痴如狂。

你的鼻子像琥珀，
泽润透明，绽放光彩。
你的睫毛像一棵棵垂柳，
脸上投下可爱的影子。

你的手指柔软如棉花，
似乎一碰即碎。
你的脸如明月般皎洁，
看一眼便让血液涌沸。

当你满月时，
是否用糖水洗过你①。
你是如此甜蜜可爱，
让我如何才能承受得起。

你轻轻走过的地方，
会变成一片花园。
你是一团熊熊烈火，
在我胸中引燃。

风姿绰约，曲眉丰颊，
简直是人间尤物。
当你嫣然一笑，
明月便会黯然无光，相形见绌。

你在我的梦里信步漫游，
你和我如影随形。
你占据我的一切，

---

① 维吾尔族举行摇床礼时，会举行婴儿洗澡仪式，请一些
小孩舀满40勺水浇在婴儿身上，为婴儿祝福。

我对你的爱已刻骨铭心。

自从我们偶然相遇，
我便已彻底沦陷。
这突如其来的爱，
把我的生命点燃。

我的人生已是夕阳西下，
青春的激情已消失殆尽。
叫我如何承受爱之沉重，
当你走进了我的生命。

爱的殿堂里你是女王，
是永不熄灭的烈火。
即便是燃烧成灰烬，
我仍渴望与你相守。

我是你生命的土壤

你的黑眼睛变成了我的心，
而你的眼神如同死令状。
你的玫瑰在我的枝头绽放，
我是你生命扎根的土壤。

你的心变成了地牢，
为何要囚禁我无辜的爱。
若不把你的心扉敞开，
我的生命就会枯败。

我的意中人

闪烁阳光的脸颊，
月亮偷看你双眸，
口中温暖的话语，
意中人！

清泉般悦耳声音，
精神上闪光点点，
体态的妩媚，
意中人！

玉石般清透脸颊，
满含爱意的眼神，
让人沉迷的魔法，
意中人！

睁眼闭眼都是你，
梦里有你醒时无，
沉醉于你的爱情佳酿，
我的意中人！

我只有一个心愿就是你，
多想生活在你怀抱里，
同行日子怎么也不够，
我的意中人！

重逢便是节日

如月皎洁的你，
如太阳明亮的你。
脸颊光辉照进我心，
我身体被点燃照亮。

你何时住进我心房，
我从未如此痴迷。
我越努力忘却你，
赛乃姆，你却镌刻在我心里。

若用伟大的词来形容，
唯你独有爱的称号。
因思念而雀跃的内心，
重逢之时于我便是节日。

当我遇见你

遇见你世间重现光芒。
我内心惊涛汹涌，
心中充满愉悦，
怎么也看不够你花容。

忘却是一种悬念，
幸福笑靥照亮我脸颊，
一切都那么完美，
四周缤纷花朵围绕。

啊！遇见你我欣喜万分。
在美好中振翅翱翔，
火热眼神，甜蜜情话，
献给我崭新人生。

无法相遇

当你我无法相遇，
度日如年。
灵魂套上绞索，
心如刀割，
满含热泪度残生。

当你我无法相遇，
花凋谢枯萎。
鸟悄默无声，
溪流静默，
世界于我黑暗晦涩。

当你我无法相遇，
心海枯竭。

灵魂田野荒废，
情感激荡残喘，
所有感官归零。

当你我无法相遇，
夕阳西下。
生命停止运动，
啊，当你我无法相遇，
整个世界被冰封。

你的名字叫幽情

油色湿润了宇宙，
叶片永不会凋零。
在怀抱中陷入沉思，
思念会逐日加剧。

雨水如你向我倾泻，
你心在此身却远离。
目之所及叶片是你，
我呼唤你名作幽情。

繁华街景美轮美奂，
想象中树立你雕像。
一长诗流淌她身上，
唯我倾听战栗发抖。

我成为孤独的人质，
你在远方夜不能寐。
这渴望绷紧了情丝，
你倩影缓缓走向相聚。

爱的故事

还记得我们初遇的情景：
我在讲台演讲，坚定自若。
台下一双双眼睛闪着光，
一个眼神如利箭射中了我。

那双眼睛中燃烧着烈火，
使我神魂颠倒，语无伦次。
这个美人究竟是谁，
但她的美貌已铭刻在我心里。

我跟你第二次相见：
汽车奔跑在葡萄园里。
一片片绿叶沐浴着爱唱着歌，
整个自然界勃勃生机。

在车内狭小的空间里，
我们的讨论十分热烈。
两颗年轻的心碰在一起，
心中的火会烧得更旺一些。

第三次我们相见在河边，
我们迷醉于一阵阵花香。
我们把一切苦恼抛在身后，
你的心跳使我的青春激扬。

你的脸美如明月，
使我心醉神迷，相见恨晚。
飞鸟也叽叽喳喳为我们祝福，
你炽热的爱使我的灵魂圆满。

我们随着音乐翩翩起舞，
在河边刻画出爱的彩虹。
我的心里只有一个梦想：
愿时间永远地停止流动。

我轻轻扶住你的细腰，
随着音乐缓慢地旋转。
你火热的气息吹在我脸上，
使我忘记了大地和人间。

你的眼眸就像一团烈火，
你的爱使我的生命复燃。
我们在音乐声中旋转弹跳，
不，是整个世界围绕我们旋转。

这故事如此浪漫和优美
也许仅仅是我的幻想。
只要心中有一丝爱的希望，
我的人生便不会空荡。

我若爱你

我若爱你花儿会开，
小鸟会放声歌唱，
感觉如喷泉沸腾，
体内火山迸射岩浆。

我若爱你心会年轻，
封锁在无尽甜蜜，
我愿永生于此刻，
满脑唯这一个执念。

我若爱你，啊，我若爱你！
体内将翻滚岩浆，
死后亦可重生，
于我世界皆可重塑。

烧不完的火

用了多少年才和你相遇，
你如闪电般照亮我的路。
你是永远烧不完的火焰，
你每次呼吸都使我痛苦不堪。

我在你的耳边低语呢喃，
我沉入你眼中的海洋。
我已成为你门下囚徒，
爱使我如此疯狂。

我们手牵手走过的路上，
留下炽热的爱和冰冷的恨。
我们的脚步遍布每一寸土地，
所到之处让一切沸腾。

你是澎湃的大海，
而我是一片荒原。
海浪不断地击打海岸，
演绎着人间最美达斯坦。

一条路从你的眉毛通往天际，
把你的名字带给我。
你的眼睛里闪着光芒，
使我无条件面对爱的烈火。

你踏上一次未知之旅，
我为你写出一首首赞美诗。
我为你送上最纯真的祝福，
多少年来你占据我的回忆。

等待走到了终点，
或许你会看破红尘。
我衷心地为你祝福，
经历的一切都是馈赠。

春风又吹来你的气息

我给你的早已成为灰烬，
未给你的却变成了花朵。
人因种种欲念
永不满足，也不知足。

我的幻想中都是你，
你已把我的心全部占据。
但你悄无声地离开我，
抛下我被掏空的身躯。

还好，大自然备有礼物，
春风又吹来你的气息。
我一直渴望着你的到来，
渴望中人生具有了意义。

春鸟挥动着一双双翅膀，
温暖的阳光洒在冰雪上。
我像野草，春风吹又生，
爱给我的人生带来了方向。

你的魔法

我在人生中尚未遇见，
像你这样的美人。
使我心醉神迷，
心如刀割。

为了你我注定要流离失所。
为了你我注定要支离破碎。
为什么我不能把你从心里擦去？
为什么我不能远走高飞？
你对我施了什么魔法？
你如何打开了我的心扉？

辑四

记忆：历久弥新

让世间充满爱

太阳总是无怨无悔，
永远那么光明，
把生命洒向大地。
我们虽不是太阳，
但可以是一粒火种，
点燃另一颗心。

我们是至死不渝的兄弟。
生命有限，
真情永恒。
但愿人长久，
都献一份爱，
让人间充满爱，
创造另一份天地。

追忆母亲

亲爱的母亲，孩儿想您，
您的爱如河，流入我的心。
您是我整个生命的重心，
像太阳般照亮我的前程。

啊，我失去了您，
仿佛太阳失去了光芒，
破碎的心中只有痛苦，
飞鸟折断了翅膀！

如果我的心，
化作一只小麻雀，
带着我沉甸甸的思念，

飞到您的墓前，
您一定能感受到。
您骄傲的儿子
心里却十分脆弱敏感，
痛苦不堪，
没有了您的指导，
我有多少次失去了
活下去的信念。

您如此突然地
闭上了双眼。
太阳
照样升起，
人间
依然热闹非凡。
而我
依旧生活，
尚未被摧残。

但无人知道我的悲痛：

（愿他人永远不会心碎。）

就像天空瞬间塌了下来，

就像太阳突然熄灭，

就像山崩地裂，

我独自面对一切。

不，

任何词语无法形容我的痛苦：

亲爱的母亲，

我再也见不到您，

再也听不到您的声音。

人生味同嚼蜡。

只是

我不能跟着您一同走，

唯有硬着头皮，

继续活下去。

唯有

连滚带爬，

走到终点。

亲爱的母亲，

您是我的知音，

您是我的靠山，

您是我的方向，

您是我的力量，

您是我的福星。

亲爱的母亲，

我哭倒在您的墓前。

我呼唤：

母亲，请亲一下我的额头——

让我摆脱厄运。

亲爱的母亲

我的心小如拳头

化作一只小麻雀，

带着沉甸甸的痛苦，

飞向您的方向。

在人间

人山人海中，

我是个孤儿，

我如何承受
失去母亲的愁苦！
我如何填补
母亲留下的空处！

人

我问群山
——生命是什么？
——向世间证明你存在。
我问大地
——爱情是什么？
——将干净的誓言融入你的血液。
我问河流
——幸福什么？
——成为一滴露水渗入大地。
我问天空
——生死是什么？
——让灵魂成为不朽的歌谣。
执念如此！
真正的生命是内心有爱，

干净的幸福是自尊地离开，
可惜这没一丝是我们。
若我们是山是河流，
抑或是天空或大地。
不！
大地博大，山峦雄伟；
河流纳溪，天空深邃。
做回我们自己，
做个真正的人。

甜的不是葡萄而是爱

你用春天一样的心，
给我寄来了一串葡萄。
每颗葡萄变成一颗心，
用你的声音对我唠叨。

我的双手颤抖起来，
摘个葡萄放入嘴里。
甜的不是葡萄而是爱，
因幸福而不能自已。

我瞬间热泪盈眶，
你的爱如此甜蜜。
我的心燃烧起来，
因你火热的气息。

葡萄颗颗晶莹剔透，
都是你对我的信念。
用我的全部爱和情，
把我的心向你奉献。

四十岁的九个男人

——致九位亲密朋友

九是源远流长的河流，
承载着我们的四十种幸福。

四十岁的九个男人
在四十岁的夜晚
在一间寒舍里成熟成为男子汉。
情谊绵绵，
九颗心演奏同一旋律。
爱浸润灵魂，
热血沸腾。
欢声笑语，
冲破夜空。

四十岁的九个男人，

身为父亲，

是各自家庭的顶梁柱，

肩负重任，

决心要砥砺前行。

四十岁的九个男人，

走起路来

动地震天，

只为心中的理想和信念。

四十岁的九个男人

是燃烧的九团火焰。

在四十年的人生之路上，

历经九九八十一难。

当九个男人步入四十岁，

开始出名，

成为闪亮的星星，

不负众望。

他们同生死共患难，

葬礼上一起为逝者送行，

婚礼上一同把气氛拉满。

一路上

他们风雨同舟，
甘为彼此赴汤蹈火。

四十岁的九个男人，
顶天立地。
九匹骏马，
一日千里，
在漫长的旅途，
踏着晨光
迎着朝阳，
必将抵达终点，
满载而归，
在星光斑斓里
唱响胜利之歌。

致朋友

亲爱的朋友，当你在我身边，
我会浑身充满勇气和力量。
你一直鼓舞着我勇往直前，
抚慰我的灵魂，治愈我的创伤。

每当你紧紧握住我的手，
我的血液便会沸腾澎湃。
我们的情谊让岁月衰老，
足迹上长出花朵绚丽多彩。

我们的情谊天长地久，
一路上挥洒心血和汗水。
让我们的生命更加精彩，
走遍千山万水留下光辉。

故乡赞歌

1

远古时代，
胜金①，
是波涛澎湃的大湖。
湖边，
是绿油油的草原，
草原上长满了鲜艳的野草。
日月交替，
星转斗移，
湖水干涸消失，
但草原依旧生机勃勃。

---

① 地名，隶属于新疆吐鲁番市高昌区。

春风吹野草生，
牛羊繁衍生息。
高昌王国的众王子，
在胜金狩猎。
这片王家草原，
养育了整个王国。

2

胜金，
水之乡，
爱之乡，
生机勃勃的绿洲。
我生于斯，
沐浴着爱长大。

我小时候，
泉水犹如星星，
水里鱼儿慢慢游，
泉水边，
长满野草，绿意盎然。

岁月如梭，
泉水干涸殆尽，
坎儿井被抛弃。
但，
坎儿井的窃窃私语，
永不会被遗忘；
爱没有干涸，
在心中永远澎湃如海洋。

胜金，
永远写不完心中的诗行，
写不完永远的梦想。

3

加依霍加木村，
随着雄鸡的鸣唱，
我的哭声刺破宁静。
放眼望去，
一片青葱翠绿，
令人神怡心旷。

一棵棵桑树，

绿荫掩映。

一棵棵白杨树，

绿色城墙。

连片的葡萄园，

环绕村庄。

风景优美如画，

这就是

诗和远方。

4

阿扎提坎儿井边，

我亲手种下的树苗，

已成为参天大树。

我坐在树荫下

双脚泡在水里，

感受大地的气息，

满心是幸福。

故乡，

是每个人在人间的宝座。

杏树上，
结满杏子，
个个
金黄剔透。
我摘一个杏子放入嘴里，
满足感油然而生。
一串串葡萄，
晶莹剔透，
像一颗颗眼睛，
脉脉含情。

我走在田间地头，
尽情享受
一阵阵草香，
扑鼻而来。
生机勃勃的自然世界，
激发灵感，
使作为人的忧愁，
云消雾散。

小小的村庄里，

有太阳一样慈祥的乡亲父老。

大街小巷里，

有我温暖的金巢。

加依霍加木村

人们善良质朴，

他们的心就像潺潺河流。

若有人路过，

他们会把他叫住，

大声打招呼。

谈笑风生，

幽默风趣。

与他们交流，

胜过读万卷书。

我向他们学习

为人之道，

礼仪之道。

5

北有白雪皑皑的天山，
用雪水滋养万物。
南有神秘的火焰山，
炙烤万物成熟。
两座大山之间
是绿意盎然的绿洲——
生命的沃土。
地上生命繁衍生息，
地下石油滚滚。
生活中人们团结幸福，
果园里累累硕果。

胜金——我的故乡，
我永远心驰神往，
你给我了心跳——
你是我永远的暖巢。

只求作为人灵魂完满

又是一个崭新的春天，
百花绽放，鸟语花香。
而我的心里千里冰封，
没有生机，没有理想。
没有你我的心一片虚空，
我只求作为人栖居在大地上。

奔波于生计，
心力交瘁啊，负担沉甸甸。
匆忙的生活单调无味，
心里空空已成无底深渊。
作茧自缚呀，画地为牢，
我只求作为人逍遥在人间。

看似热闹的家庭生活，
实则犹如一潭死水。
大街小巷人头攒动。
我只有影子相随。
我像木头，但心已沸腾，
我只求作为人乐享清平。

辗转反侧，夜不能寐，
思绪万千啊千愁万绪。
我来自哪儿，去往何处。
已经失去了方向迷了路。
我的眼泪清洗了晨光，
我只求作为人填补心中空虚。

日夜劳作，挥汗如雨，
只怕虚度光阴，浪费生命。
一生风尘仆仆，任劳任怨，
劳苦功高足以在石碑上刻名。
但我老骥伏枥，志在千里，
我只求作为人不断把精神提升。

当步步高升，身居高位，
遂成惹人注目的招风大树。
有人对我嫉妒、羡慕、痛恨，
有人则对我极尽奉承。
我被迫重蹈前辙，老调重弹，
我只求作为人改弦易辙重启新路。

我有一颗心足以爱千万个人，
心中的烈火熊熊燃烧不灭不息。
而我只能带着桎梏跳舞，
我的人生之花已化作泥。
世界已经把我掏空，
我只求作为人去做真实自己。

有时我梦想远走高飞，
与世隔绝，逍遥自在。
跋山涉水，走千里路，
与世沉浮，云游四海。
我梦想紧紧拥抱大自然，
我只求作为人血液澎湃。

当我散步在果园，
希望有美人相伴。
当我们吟诗作赋，
身体会被爱点燃。
当整个世界静悄悄，
我只求作为人灵魂完满。

当身份成为沉重负担，
我想超脱自我。
一切正被不断地重复，
我只想唱自己的歌。
只需一瓢清爽的河水，
我只求作为人自在逍遥。

无论道路如何坎坷不平，
一路上处处都是风景。
死亡终会突然降临，
使一切雕虫小技都失灵。
尽管人生让我支离破碎，
我只求作为人拥有完整灵魂。

当活着与去世

当父亲活着时，
你并未好好珍惜。
有时抱怨他的失误，
有时对他发火生气。

未料父亲溘然长逝，
把整个世界留给你。
再也没有人会呼应，
当你呼唤父亲的名字。

你瞬间热泪盈眶，
心如刀割，不堪忍受。
世界上再也没有父亲，
孤儿的命运如此残酷。

生命的规律如此，
每个人固有一死。
活着的要好好活着，
让死去的永远安息。

别再整天哭丧着脸，
活着就要勇往直前。
用充实无悔的人生，
告慰父亲在天之灵！

光阴似箭

踏入了五十的门槛，
沉思着回首，
光阴似箭，
神秘生命仍令我不甘。

半个世纪已然过去。
余生还剩多久？
虽已历经许多岁月，
仍不敢信这事实。

啊，回首我的年岁，
感觉沉重而苦恼。
但我心依旧年轻，
脚印里还有梦想。

回顾走过的旅程，
一路无怨无悔。
更多锤炼与成熟，
为日后夯实基础，
为岁月挂上项链，
辛苦耕耘终收获。
掌声铺就成红毯，
世界方知其可贵。

如飞马整装待发，
征途上我仍是侠客。
对人民充满爱，
心中燃起一团烈火。

若能再活五十个春秋，
翻山越岭豪迈启程。
为祖国开拓绿洲，
光明磊落活到寿终。

满载幸福的心和裙摆

白雪皑皑的田野，
静躺着孕育收获。
融雪有春的气息，
每滴都是无尽希望。

安居的砖房一排排，
多彩瓜果缀满枝头。
街道干净整洁，
满载幸福的心和裙摆。

柏油路上是太阳印记，
白杨像士兵昂扬站立。
广场飘扬鲜艳红旗，
世人满怀自豪自信。

农夫心中满是信心，
辛勤劳作收获满满。
贫穷一旦成历史，
天下世间幸福满溢。

每个人心里对祖国

我的故乡，四季分明，
每个人旗帜鲜明。
每个人心里对祖国，
充满热爱和感恩。

绿洲周边是荒漠戈壁，
群山上也不见绿色。
但祖先的精神沉淀下来，
成为坚定的信念和志气。

没有澎湃的河流，
只有炎热如火坑的天气。
但明媚太阳使生命沸腾，
有坎儿井滋润万物和大地。

葡萄园里一串串葡萄晶莹剔透，
每个人心里满是对祖国的热爱。
一张张笑脸上洋溢着幸福和喜悦，
信念坚定，热血澎湃。

神圣的火焰山群峰起伏，
蜿蜒屹立在大地上。
人们团结一心共赴未来，
共圆我们的美好梦想。

美丽的乡村，温暖的金巢，
我们的心为祖国而跳动。
我们繁衍生息在天地之间，
太阳照亮每一颗心。

致母亲

敬爱的母亲，我由你
来到了这阳光的人间。
你的怀抱是爱的火炉，
锻造了我的爱和信念。

一路上我摔倒了多少次，
这一生中我流了多少泪。
但你的爱让我成为王子，
让我战胜一次次困难和伤悲。

你给了我尊严和底气，
你是我顶天立地的基石。
你温柔的爱锻炼出硬汉，
母亲的爱永不褪色。

命运多变，人生无常，
人生之路并非一片平坦。
岁月如梭，一切瞬息万变，
唯有母亲的爱保持不变。

一个吻，一千个性命

你如风般来去无踪，
唯有你的香气长留。
我如梦初醒，如痴如醉，
但心中烈火燃烧依旧。

相聚短短几分钟，
思念却长过一生。
一刻钟的幸福感，
足以让血液沸腾。

你含情脉脉盯着我，
轻轻说，我好想你。
词语从你的嘴里飞出，
飞落在我的心里栖息。

你从身后紧紧抱住我，
然后分别，远走高飞。

多么甜蜜，你的爱，多么火热，
爱是一生漫长的洗礼。
仅仅是一次的吻，
足以让我死去千回万次。

你娇嫩欲滴，像一朵玫瑰，
你的气息如美酒，让我陶醉。
你的脸如明月，照亮我的心，
使我的灵魂充满光辉。

你的爱无法用语言形容，
一个吻足以让大海沸腾。
你的一个吻赋予我一千个性命。

你的眼睛，你的眼神

我该如何称呼你，
你的美令我心迷神醉。
你的每个眼神如同利箭，
射向我，让我支离破碎。

你的眼睛如汪洋大海，
我瞬间沉入了海底。
你的眼神如熊熊烈火，
瞬间把我彻底吞噬。

你的眼睛啊闪闪有光，
如同黑夜里的太阳。
你的眼神啊灼热如火，
把心中的火烧得更旺。

美丽动人的姑娘，
你已让我神魂颠倒。
我每时每刻都在想你，
我的心渴望你的方向。

你的眼睛啊是一片大海，
我是海上的一叶扁舟。
也许是我的命运如此：
任凭风吹雨打四处漂泊。

你引燃的烈火永不熄灭，
直到我的心停止跳动。
我的一切都属于你，
我的心已成为你的王宫。

美丽世界

我翻山越岭来到了顶峰,
我漂洋过海抵达了彼岸。
一路上任凭风吹和雨打,
千锤百炼啊我经受了考验。

漫漫人生之旅,千辛万苦,
都是命运珍贵的礼物。
我不屈不挠啊勇往直前,
直到唱响胜利的歌曲。

我笑对人生,笑对世界,
暴风雨过后定能见到彩虹。
况且人生处处是风景,
历经磨难才能收获成功。

我笑着迎接夜晚和黎明，
笑着出发，面向未来。
脚踏实地，仰望星空，
一步一个脚印，活出精彩。

一步一个脚印，脚印上长满鲜花，
一步步成就了非凡的人生。
而我学习和探索的步伐从未停止，
美丽世界，让我的梦已成真。

后记

写诗，是一种精神盛宴

◎ 吾买尔江·斯地克

我从小喜欢读书，性格又多愁善感。正是这两者最终让我走进了美妙绝伦的文学世界，感谢文学让我找到了正确的生活和工作方向。文学早已在我心灵深处根植，同时也让我找到了属于自己的精神世界，以及对文学艺术孜孜不倦追求的终生目标。

在大学，我进一步学习了文学理论知识。通过学习，我知道了如何创作小说、诗歌、散文，同时在长期的学习中，我已经和文学结下了不解之缘。我深知，我这辈子注定离不开文学。大学毕业后，我一直在新闻宣传、文学艺术领域工作。对我来说，这是何其幸运的一件事！在文化艺术这广阔天地里，我尽己所能发挥自己的才华，也取得了一些成绩。但是，这对我来说远远不够。我明白文学艺术要做好并不容易，有些时候也会遇到挫折，但是这些挫折让我明白了战胜困难的意义。在顺境中当常胜将军很容易，但是要在追求文学艺术的道路上越走越远，必须要有"劳其筋骨，饿其体肤，空乏其身"的理想信念，同时也要有在逆境中战胜一切的豪情壮志。

在我的文学创作中，诗歌创作一直是我所有创作中的"明珠"。我从十几岁便开始诗歌创作。那时候，我对诗歌真挚的热爱如同熊熊烈火瞬间点燃夜空，让人们感觉到光明到来的那一抹阳光。从我开始创作诗歌的那一天起，我从生活点滴的小事或者温暖开始创作，我的眼睛看到了什么，我的手便会在纸上写什么，鸡鸭鹅兔、农田庄稼、花朵果实，甚至老师同学的温情，都是我"写诗"

的题材。同时，随着深入学习文学理论和博览群书，我逐渐认识到，诗歌创作并非易事，我以前创作的所谓"诗歌"，远未达到诗歌的标准，连打油诗都算不上。但我没有因此半途而废，放弃对诗歌的追求与热爱！我明白也许我拥有一些文学才华，但是在创作诗歌的征途上，这些远远不够。只有不断地学习新思想，接受新风格，全心全意投入到新诗歌的创作中，我才能拥有永不枯竭的创作灵感；我坚信，写诗就是"母亲忍受阵痛产下婴儿"又疼又幸福的瞬间之喜，我深知当"灵感"之泉迸发，势不可挡，诗歌会带着强大的情感和能量诞生。在创作中，当我遇到一些我感兴趣的人或事物，或者听到一些故事，我的灵感之泉便会迸发，一句句诗行开始反复浮现在我的脑海里，无论多晚，我都会拿起手机或者纸笔，满心喜悦地把这些储存在我脑海里的"灵感"记录下来，我的诗就这样诞生了。

我是以诗歌创作走向文学创作之路的，诗歌至今都是我心中最为纯洁、最为浪漫的文学体裁，它就像海底的珍珠，一直在心灵深处闪着光。我出版了维吾尔语诗集《痛苦的爱》《雪上篝火》。尤其是《痛苦的爱》出版后，备受年轻读者喜爱，甚至成为年轻人彼此之间最为珍贵的礼物。后来，随着人生阅历、生活经验的不断积累，为了以最恰当的形式表达我的所闻所见、所思所想，我从事了小说、散文、纪实文学创作，出版了十几部作品集。但我依然喜欢用诗歌表达我最纯洁、最细腻的情感。当我读到好诗，便会热血澎湃，热泪盈眶。当我开始写诗，便会心情激荡，联想翩翩，遨游在万里碧空，喜悦也罢，痛苦也罢，把一切情感诉诸笔端。对我而言，写诗，是一种精神盛宴。诗歌就像灯塔，照亮着我的创作方向，指引着我的人生之旅。

我创作的诗歌大部分以"爱"为主题，既有对人间的博爱、对祖国的热爱、对家乡的热爱、对生活的热爱、对自然界万物的热爱，还有一部分诗歌以"亲情"为主，包括对父母、兄弟姐妹之间的亲情、亲朋好友之间的友情、男女之间的浪漫爱情等等。我喜欢用格律创作诗歌，追求韵律和音乐美感，因为富于韵律和音乐美感的格律诗更容易打动我。在创作的过程中，我更愿意写爱情诗，因为充满信念的浪漫能让心灵深处产生纯洁的情感和爱。

在诗歌梦想的驱动下，经过多年的不懈努力，同时也得益于亲朋好友的鼓励和帮助，我的第一部用国家通用语言文字创作的诗集即将出版。在此我向帮助我对诗集进行编辑加工、修改润色的著名诗人狄力木拉提·泰来提老师、麦麦提敏·阿卜力孜老师、师立新老师和支禄老师表示衷心的感谢。固然，对于一个以母语（维吾尔语）创作为主的诗人而言，用国家通用语言文字创作的诗歌，情感的表达可能不够充分完美，诗歌的意境可能达不到理想的高度和深度，也不能全面准确表达出诗人的情感和思想，但对我而言，用国家通用语言文字创作的诗集的出版，已经是莫大的成就，这也是走向全国而迈出的重要一步。从另一个角度而言，从这部诗集中，或许可以看出以母语创作为主的维吾尔族诗人走向以国家通用语言文字创作过程中的一些特点。如果我的这部诗集能够为促进新疆多民族文学创作的发展和文化润疆贡献出一点绵薄之力，那将是我莫大的荣幸。

最后，谨向大力支持这部诗集出版的湖南省作家协会表示最衷心的感谢，向支持和鼓励我的各地诗友表示感谢。

2024年11月，新疆吐鲁番